Respawn

리스폰 4

초판 1쇄 인쇄일 2015년 6월 23일 ㅣ **초판 1쇄 발행일** 2015년 6월 25일

지은이 베어문도넛 ㅣ **펴낸이** 곽중열 ㅣ **담당편집 팀장** 이범수
편집부 신연제 이윤아 김호성 김은경

펴낸곳 (주)조은세상 ㅣ 출판등록 제 2002-23호
주소   경기도 연천군 미산면 청정로 1355
TEL 편집부 02)587-2966 ㅣ FAX 02)587-2922
e-mail bukdu@comics21c.co.kr

ⓒ베어문도넛 2015
ISBN 979-11-5832-120-8 ㅣ ISBN 979-11-5832-061-4(set) ㅣ 값 8,000원

※저자와의 협의에 의해 인지는 생략합니다.

Respawn
리스폰

NEO FUSION FANTASY STORY & ADVENTURE

베어문도넛 퓨전 판타지 장편소설

북두 (주)좋은세상

Respawn

NEO FUSION FANTASY STORY & ADVENTURE

Respawn

NEO FUSION FANTASY STORY & ADVENTURE

23장.

성전의 개막

Respawn

리스폰

시우는 스스로의 영혼이 자신의 뜻에 반응하고 있다
는 사실을 알 수 있었다.

시우가 눈을 뜨자 눈을 동그랗게 뜨고 시우를 지켜보
는 두 여인, 소라와 리나가 보였다. 시우는 그녀들에게
서 시선을 떼고 손을 내려다보았다.

새롭게 얻은 힘을 시험해 보고 싶었다.

아우라를 끌어올리자 지금까지와는 비교할 수 없는
거대한 힘이 일시에 피어올랐다.

원력량이 아무리 많아도 출력이 낮으면 한 번에 낼 수
있는 위력은 제한될 수밖에 없었다. 그렇기 때문에 시작
한 영혼을 단련하는 훈련이 이로서 성공적인 결실을 맺

었다는 것을 알 수 있었다.

무려 3개월 동안 하루도 쉬지 않고 훈련을 매진해온
덕분이었다.

성과는 그뿐이 아니었다.

10시간 동안 리젠을 유지해야 겨우 1포인트의 원력을
얻을 수 있지만 시우는 지난 3개월 동안 하루 2포인트의
원력을 꾸준히 모아왔다.

이것은 단순히 노력이라는 말로 정리할 수 없는 집착
에 가까운 일이었지만 그 덕분에 시우의 최대 원력은 신
령과 비슷한 수준이 되어 있었다.

물론 신령도 일반적인 기준으로 보자면 지난 3개월간
눈부신 발전이 있긴 했지만 시우에 비하면 조족지혈에
불과할 수밖에 없었다.

때문에 시우는 최근 바람의 신령을 쓰러트리고 알테
인의 마을에서 나갈까 고민이 심했었다. 이미 최대 원력
량에서 신령과 비슷한 수준이 되었으니 신령과 소모전
을 펼쳐도 결코 지지 않을 자신이 생겼던 탓이다.

그러나 시우는 인내심을 발휘하여 참았다.

드래곤을 쓰러트리기 위해선 최대 원력량이 많다고
해결될 문제는 아니었기 때문이었다. 마력 포인트가
100만에 가까운 드래곤과 소모전을 해봐야 아무런 의미
가 없었으니까.

드래곤을 쓰러트리려면 그 무적에 가까운 방어막을
한 번에 부술 수 있는 강인한 위력이 필요했다. 그리고
그 방법을 배우기 위해선 알테인의 도움을 받는 것이 최
선이었다.
　　시우는 충동을 참아낼 수 있었고 결국 최초 목적했던
결과를 손에 넣을 수 있었다.

　　이름-최시우
　　레벨-191
　　종족-인간
　　칭호-중급 익시더
　　[칭호 효과- 원력의 통제력 소량 상승.]

　　생명력 (1,407/1,407) [반지 효과 적용 중.]
　　마력 (21,872/21,872) [반지 효과 적용 중.]
　　원력 (203/220)

　　근력 : 324
　　순발력 : 329
　　체력 : 312
　　정신력 : 85

남은 스탯 포인트 : 0

상세정보……

지난 3개월간 레벨도 36개나 올랐다.

시우가 익시더가 되며 손에 넣은 육체 강화 스킬의 효용이었다.

시우가 원력을 운용할 때마다 원력의 잔재들은 시우의 육체에 녹아들었고 원력이 녹아든 육체가 강화되며 스탯이 상승한 덕분에 몬스터를 사냥해 경험치를 쌓지 않아도 레벨을 올릴 수 있었다.

이것은 앞으로도 계속 유지될 유용한 스킬이었다.

시우가 단련을 멈추지 않는 이상 육체가 품는 원력의 잔재는 계속해서 늘어날 수밖에 없고, 시우의 몸은 그만큼 강화가 되며 자연스럽게 레벨이 올라갈 것이었다.

레벨을 올릴수록 요구 경험치가 늘어났기에 점점 레벨을 올리기 여의치 않았던 시우로서는 천만 다행인 일이 아닐 수 없었다.

시우가 원력을 끌어올린 탓에 숲 일대가 환하게 밝아졌다.

그 밝은 빛을 바로 바라보기도 힘들었던 소라와 리나가 눈을 가리고 있다가 마른 침을 삼켰다.

소라와 리나도 아직 어려 최대 원력량이 적다뿐이지

각자의 실력이 스스로 속한 종족 중에서도 손가락을 꼽는 자들이었다. 만약 그녀들의 실력이 조금이라도 못 미쳤다면 시우의 수준을 파악하는 것조차 힘들었을 것이다.

그러나 그녀들은 지금 시우가 손에 얻은 힘이 얼마나 초월적인 것인지 확실히 인지할 수 있었다.

드래곤을 죽이고 세리카를 되찾겠다는 시우의 다짐을 회의적으로 보고 있던 그녀들도 시우가 가진 힘을 한 번 목도하자 마음이 바뀔 수밖에 없었다.

이정도의 힘이라면 어쩌면 정말로 드래곤을 죽일 수 있을지도 모른다고.

시우는 끌어올린 원력을 품속으로 갈무리했다.

지금까지는 지배하는 것만도 역부족이었던 막대한 힘들이 살짝 건드리는 것만으로 충성을 맹세하며 들고 일어날 듯 꿈틀거렸다.

익시더(Exceeder).

초인이란 말이 절로 떠올랐다.

시우는 이로써 인간을 초월한 힘을 손에 넣은 것이다.

그러나 시우는 가슴 가득 차오르는 자만심을 억눌러 지워버렸다.

아무리 초월적인 힘을 손에 넣었다지만 시우가 이계에 와서 당한 일이 하나둘이 아니었다. 강해졌다고 생각할 때마다 그보다 더욱 강한 존재가 눈앞에 나타났고 그럴 때마다 자만심은 시우 자신의 수명을 갉아먹고 있었다.

지난 3개월, 복수의 칼날을 갈고 있던 것은 단지 시우뿐이 아니었을 것이다.

드래곤으로 태어나 첫 전투를 겪고 죽음의 문턱을 보았던 수아제트도 시우를 향한 복수의 칼날을 갈고 있을 것이 틀림없었다.

전투에 서툴렀던 수아제트도 그만큼의 위력을 보여줬었다. 지금의 수아제트는 얼마나 강해졌을지 알 수 없었다.

시우는 리젠을 써 소모한 원력을 회복하면서 걸음을 옮기기 시작했다.

"뭐야? 어디 가는 거야? 마을은 저쪽……!"

소라가 당황해 입을 열었다.

그러나 이곳에서 지낸 시간이 벌써 3개월이다. 마을이 어느 방향에 있을지 모를 시우가 아니었다.

"지금부터 신령에게 도전할 거야."

시우의 말에 소라는 당황했다.

아마 지금의 시우라면 아무리 신령이라도 막아설 수 없을지도 몰랐다.

시우는 그만큼 강해진 상태였다.

그리고 그것이 의미하는 것은 시우가 더 이상 이 마을에 남아있을 필요가 없다는 뜻이기도 했다.

시우가 신령을 쓰러트린다는 것, 그것은 시우가 이 마을을 떠난다는 것.

일이 이렇게 급하게 돌아갈 줄은 몰랐던 소라가 지그시 입술을 깨물었다.

"…그렇게 서둘지 않아도 조금 쉬었다가……."

소라는 조심스럽게 말했지만 시우는 들은 척도 하지 않았다.

이내 마을의 경계에까지 걸음을 옮기자 연초록빛 머리칼을 가진 바람의 신령이 시우의 앞에 나타났다.

신령은 오랜만에 나타난 시우의 모습에 조금 놀란 표정을 짓고 있었다.

시우의 실력이 신령의 역량을 넘은 탓에 신령은 더 이상 시우의 수준을 가늠할 수 없었기 때문이었다.

설마하니 그처럼 빠른 시간에 이토록 강해질 줄은 몰랐던 신령이 놀라는 것은 무리가 아니었다.

"놀랍군요. 역시 주인님께서 선택하신 분입니다. 이토록 빠른 시일 안에 이만큼이나 성장을 하시다니. 준비는 되셨습니까?"

신령의 질문에 시우는 고개를 끄덕였다.

그런 시우의 모습에 소라는 주먹을 질끈 움켜쥐었다.

그러고는 신령의 앞으로 가서 시우를 마주보고 섰다.

"소라?"

"아직. 아직이야. 아직 네가 이 마을을 나가게 둘 수는
없어."

소라의 모습이 심상치 않았지만 시우는 신경 쓰지 않
았다.

애초에 소라가 시우의 앞길을 막아설 것은 예상했던
바였다.

소라는 시우에게 가르침을 내려준 훌륭한 교관이었
지만 동시에 이 마을의 숲지기였고 시우가 바깥으로
나가지 못하도록 감시하고 막아설 책임을 지닌 존재였
으니까.

소라가 손에 아우라를 입히며 거대한 빛의 검을 만들
어 냈다.

무려 5미터 가량의 거대한 아우라의 검이 소라의 손
에서 솟아나왔다.

시우는 그녀의 모습에 감탄했다.

3개월 전 소라와 다투었을 때는 미처 실력이 못 미쳐
깨닫지 못했는데 새삼 이렇게 보니 소라의 능력이 보통
이 아님을 알 수 있었기 때문이었다.

"하지만."

시우는 리네를 뽑으며 아우라를 입혔다.

그러자 소라의 아우라보다도 눈부시게 빛나는 하얀 빛의 검이 리네의 곁을 감싸며 솟아나왔다. 빛도 빛이었지만 크기부터가 이미 소라의 검을 넘어서고 있었다.

패배를 직감한 소라의 안광이 퀭하게 빛을 잃었지만 의지는 더욱 강하게 불타올랐다.

소라와 시우의 아우라가 격돌했다.

마치 3개월 전에 보았던 전투를 그대로 재생하는 듯하다.

단 서로 역할을 바꾼 듯한 모습으로.

시우가 뽑아낸 아우라의 검이 소라의 검을 가볍게 잘라냈다. 시우는 원력이 크게 소모되는 것을 느꼈지만 이미 시우의 최대 원력량은 200포인트가 넘어가는 상태였다. 원력이 부족해질 걱정은 하지 않아도 되었다.

소라는 처절하리만큼 몸부림치며 시우를 막아서려 했지만 시우의 검은 자비 없이 계속해서 솟아나는 소라의 아우라를 찢어발겼다.

이내 원력을 모두 소모한 소라가 지쳐 쓰러졌다.

"안 돼. 안 돼! 이럴 수는 없어. 제발……!"

소라는 중얼거리며 비틀거리는 몸을 일으켰지만 이미 그녀는 시우를 상대할 힘이 남아있지 않았다.

시우는 원력을 끌어올릴 필요도 없이 가볍게 뛰어 그녀의 배후로 돌아가 손날로 그녀의 후두부를 가격했다.

191레벨이 된 시우의 육체능력은 웬만한 익시더가 원력을 끌어올린 것보다 강해진 상태였다. 원력을 모두 소모한 소라가 시우의 공격을 버텨낼 재간은 없었다.

시우는 풀썩 쓰러지는 소라의 몸을 받쳐 리나에게 던져주었고 뒤에서 그것을 지켜보던 리나가 소라를 안전하게 받아내는 것을 확인한 후에야 신령에게 달려들었다.

"자, 가능하면 어디 한 번 막아봐!"

시우의 주위로 리네에서 솟아나온 아우라의 검 못지 않은 날카로운 칼날들이 솟아났다. 칼날들이 리네를 중심으로 빠르게 회전하기 시작했다.

신령은 전력을 다해 바람에 아우라를 실으며 부채를 부쳤지만 아우라가 담긴 바람으로도 시우의 앞길을 막아설 수는 없었다.

시우의 아우라로 만들어진 칼날의 소용돌이가 맞닿아 오는 신령의 아우라를 산산이 찢으며 앞으로 나아갔다.

시우는 이내 그것을 쏘아냈다.

신령이 일으킨 바람의 장벽에 거대한 통로를 뚫어버린 것이었다.

신령은 영혼마저 찢어버릴 듯 짓쳐오는 시우의 공격에 혼비백산하여 정신없이 몸을 피했지만 신령이 몸을 피한 장소에는 어느새 공간을 격하고 나타난 시우가 검을 겨누고 있었다.

아우라를 엷게 씌운 리네가 신령의 목에 닿은 채 멈췄다.

"이 정도면 자격은 충분하려나?"

시우는 신령을 보며 이죽거렸다.

그간 신령이 시우를 이곳에 붙잡아둔 이유가 시우를 지키기 위함이 아니고 드래곤과 싸울 자격을 갖추게 하기 위한 것임을 알고 있었다는 뜻으로 한 소리였다.

신령은 두 손에 쥐어진 부채를 놓아 흩어버리며 두 눈을 감았다.

완벽한 항복 의사였다.

"인정합니다. 더 이상 당신은 제 보호를 필요로 하지 않을 만큼 강해지셨습니다. 이로써 주인님이 제게 내려준 마지막 명령을 달성했습니다."

신령이 말을 마치자 신령의 행동을 제한하던 어떠한 속박이 벗겨져 나가는 느낌이 들었다. 시우는 그것을 신기한 눈치로 지켜보며 리네를 칼집에 꽂아 넣었다.

"뭐였지? 방금 그것은?"

"정령과의 계약은 영혼과 영혼의 소통으로 이루어집니다. 하지만 주인님의 영혼은 이미 다른 무언가에 의해 제약을 받은 상태. 기존의 모든 계약은 해지되었습니다. 그런 저를 속박하고 있던 주인님의 마지막 명령이 이행됨에 따라 주인님과의 소통이 끊어진 것입니다."

시우는 얼굴을 찌푸렸다.

즉 세리카의 영혼은 이미 수아제트에게 지배되었다는 소리였다. 그로 인해 그녀와 계약을 맺고 있던 신령도 주인을 잃고 자유정령이 되었다는 뜻.

신령은 감고 있던 눈을 뜨고 시우와 눈을 마주쳤다.

"괜찮다면 당신께서 제게 새로운 이름을 내려주세요."

"이름?"

"계약입니다."

시우는 신령의 말에 조금은 놀란 표정을 짓다가 고개를 끄덕였다.

자유정령이 된 신령은 이제 그녀가 원하는 새로운 주인과 계약을 맺을 수 있는 상태가 된 것이다.

"하지만 괜찮겠어? 나는 이제부터 드래곤을 사냥하러 출발할 거라고? 만약 내가 드래곤에게 패하면 너도 어떤 꼴을 당할지 몰라. 어쩌면 수명이 없는 만큼 드래곤에게 세뇌되어 영원무궁 이용을 당할지도 모르는데."

신령은 피식 미소 지었다.

"당신은 한 가지 알아두어야 할 것이 있습니다. 저는 독자적으로 자아를 가진 존재이지만 그 근본은 세리카의 영혼으로 만들어진 신령입니다. 만약 세리카라면 자신이 위험하다하여 당신과 함께하는 것을 거부할까요?"

신령의 말에 시우는 쓰게 웃으며 고개를 저었다.

"아니, 애초에 세리카가 수아제트에 잡힌 것도 내가 드래곤의 탑을 오르겠다고 해서 쫓아온 탓이니까. 그래. 그러고 보니 너는 세리카의 영혼으로 만들어졌구나."

시우는 신령을 새삼스런 표정으로 바라보았다.

하는 행동이 얄밉고 자신의 행동을 억압한 탓에 신령을 향한 마음이 곱지는 않았다. 그런데 신령의 영혼 또한 세리카의 것이라고 생각하니 신령이 자신을 위해 행동했다는 것을 조금이나마 납득할 수 있었다.

시우는 이름을 지어달라는 그녀의 말을 떠올리고 잠시 고민했다.

그러나 시우는 이름을 짓는 재주가 없었다.

시우는 세리카와 에리카 자매를 떠올리고 입을 열었다.

"네 이름은 지금부터 리카다."

그러자 신령, 이제는 리카라는 이름을 가진 그녀에게서 막대한 양의 원력이 솟아나왔다.

그리고 그것은 이내 시우에게 연결되었고 시우는 그녀와 영혼으로 연결이 되었다는 것을 직감할 수 있었다.

'이것이 영혼의 소통.'

시우가 감탄하는 순간 알림창이 떠올랐다.

띠링!

[바람의 정령의 이름이 리카로 변경되었습니다.]

따단!

[업적 달성! 최시우님이 바람의 최상위 정령 리카와의 계약을 맺는데 성공하셨습니다.]

[칭호 = 바람의 지배자가 주어집니다.]

띠링!

[정령과 계약을 맺음에 따라 새로운 스킬을 습득합니다.]

[페어리 테이밍을 스킬로 등록합니다.]

[소울 리딩을 스킬로 등록합니다.]

시우는 리카와 영혼이 연결되어 전해져 오는 기억들을 읽을 수 있었다.

세리카가 시우를 어떻게 생각했는지, 어떤 생각으로 지금까지 시우를 접해왔는지.

그것은 시우에게 너무도 벅찬 감정들이었다.

너무나도 거대한 마음에 도무지 보답할 엄두가 나지 않을 정도로.

'이 정도까지……'

시우는 잠시 넋을 놓고 있었다.

"이제 어쩌면 좋지?"

리카를 쓰러트렸으니 마을을 떠날 수 있게 되었다. 그럼 그냥 마을을 떠나버릴까?

쇠뿔도 단김에 뽑으라고 힘을 얻자마자 리카를 찾아와 쓰러트렸지만 바로 마을을 떠나는 것은 마음에 내키지 않았다.

아직 에리카에게 마을을 떠난다고 작별인사도 하지 못했고, 마을사람들은 시우를 이방인이라고 철저히 거리를 두었지만 장로가 시우를 위해 많은 편의를 보아준 것은 사실이니 한 마디 감사라도 표한 뒤 떠나는 것이 옳다는 생각이 들었다.

시우는 리카를 보았다.

"너는 내가 다시 부를 때까지 이곳에 들어가 있어."

"이곳이라니요?"

리카는 시우가 가리키는 허공을 의문 어린 표정으로 바라보았지만 시우는 별다른 설명을 해주지 않았다.

그저 그녀의 치부를 가리는 바람의 베일을 잡아끌어 아이템창에 가져다 넣을 뿐이었다.

그러자 놀랍게도 리카가 아이템창에 들어갔다.

원래 살아있는 것은 들어가지 못하는 것이 아이템창이지만 게임이었던 시절 길들인 애완동물을 아이템창에 넣었다 뺐다 할 수 있었던 것이 떠올라 시도해본 것인데 생각처럼 리카를 아이템창에 넣는데 성공한 것이었다.

시우는 정신 잃은 소라를 안고 있는 리나를 보았다.

"소라는 이리 넘겨. 일단 마을로 돌아갈 생각이니까."

"괜찮냐. 나도 힘세냐."

리나가 거절했지만 시우는 슬쩍 웃으며 고개를 저었다.

"힘이 드냐 안 드냐가 문제가 아니라 너도 일단 여자잖아. 남자가 있는데 여자에게 힘을 쓰게 하면 체면이 안 선다고."

시우의 말에 리나는 복잡한 표정을 지었다.

시우가 리나를 여자 취급해주는 것은 매우 드문 일이라 기쁘기는 한데 마냥 기뻐하기에는 어투가 묘했기 때문이었다.

결국 리나를 뿔이 나서 씩씩거렸다.

"여자면 여자지 일단은 뭐냥!"

"그러게 평소에 좀 조신하게 행동하라고."

시우는 리나에게서 소라를 넘겨받고 마을로 향했다.

소라는 가벼워서 마을로 돌아가는 길이 느려질 걱정은 없었다. 한달음에 십 수 미터씩 거침없이 나아갔고 그런 시우의 뒤를 리나가 뒤처지지 않고 뒤따랐다.

마을에 도착하자 시우는 바로 장로의 집을 향해 올라갔다. 리나의 몸도 마법으로 띄우는 것을 잊지 않았다. 문을 열고 들어가니 장로는 이미 시우가 올 줄 알았다는 듯한 자세로 시우를 맞이했다.

"신령님의 기운이 사라져서 올 줄은 알았습니다만, 신령님은 어떻게 되신 거죠?"

장로는 조금은 불안한 표정으로 물었다. 혹시 신령이 시우에게 당해 소멸한 것은 아닌가 걱정하는 표정이었다.

"녀석의 이름은 이제부터 리카입니다. 너무 걱정은 하지 마세요. 녀석은 나와 계약을 맺었고 내 의지로 다른 곳에 가있을 뿐이니까요. 그것보다 지금까지 편의를 봐주신 것에 대한 감사를 드리러 왔습니다."

시우의 말에 장로를 안도의 한숨을 내쉬었다. 신령이 무사하다니 다행이었다.

장로는 이내 웃으며 손사래를 쳤다.

"감사할 필요는 없습니다. 체슈 씨는 세리카를 구해내기 위해 노력 해주셨는걸요. 세리카와 같은 일족으로써 조력하지 못하는 것이 죄송할 따름입니다."

장로는 진정 미안한지 조금 풀이 죽은 표정이 되었다.

그러나 시우는 장로의 입장을 이해했다.

알테인들의 원력을 다루는 능력은 정말 뛰어나 만약 드래곤 사냥에 참가하면 큰 힘이 되겠지만 그것은 엄청난 부담이 될 수밖에 없었다.

드래곤 사냥이란 실패하는 순간부터 보복을 걱정해야 했으니까.

알테인의 마을이 아무리 정령들의 도움으로 철저히 숨겨져 있다지만 드래곤이 중부의 숲을 모조리 불태워버리면 알테인들은 손수무책으로 집을 잃을 수도 있었다.

무엇보다 지금부터 상대하는 드래곤은 정신 마법이 뛰어난 수아제트였다.

전투능력이 아무리 뛰어나다 한들 정신 마법 한 방이면 모두 넋 놓고 목숨을 잃을 판이니 수아제트와의 대결은 시우 혼자서 감당하는 것이 좋았다.

시우가 지금까지 힘든 훈련을 해온 것도 다 그런 이유에서였다. 수아제트를 상대하는데 타인의 힘을 빌릴 수 있을 거라는 기대는 어려웠으니까.

게다가 장로는 이 마을을 이끄는 입장이었다. 냉정하게 보일지 모르지만 그의 입장에서는 얼굴도 모르는 한 명의 동족을 위해 마을사람들을 희생 삼을 수는 없었을 것이다.

장로에게 그간의 감사를 표한 시우는 소라와 리나를 대동하고 이번에는 에리카의 집을 찾아갔다.

한숨 잠을 자고 있었는지 편한 잠옷차림으로 눈을 비비며 나온 에리카는 기절한 소라를 안아들고 찾아온 시우의 모습에 잠이 덜 깬 듯 눈을 끔뻑거렸다.

에리카가 정신을 차린 것은 그렇게 수 초가 지난 뒤의

일이었다.

"체슈 오빠? 이게 무슨 일이에요?"

에리카가 놀라 묻자 소라가 신음을 흘리며 정신을 차렸다.

"여기는?"

시우는 소라를 바닥에 내려놓으며 대답했다.

"에리카의 집이야. 마을을 떠나기 전에 작별인사를 해두려고."

"작별인사요?"

에리카는 시우의 말에 놀란 표정을 짓다가 어쩐지 괴로운 표정을 지었다. 그간 시우와 쌓인 정도 있고 시우가 가려고 하는 곳이 얼마나 위험한 곳인지 알고 있기 때문에 걱정이 된 탓도 있었다.

그러나 그것이 모두 세리카를 구하기 위함임을 아는 에리카는 시우를 막아설 수도 없었다.

그것이 에리카를 괴롭게 만들었다.

무엇보다 시우가 입에 올린 작별인사라는 말이 가슴을 뒤흔들었다. 거기에 큰 뜻은 없을 수도 있지만 에리카는 마치 시우가 죽음을 앞두고 신변을 정리한다는 생각이 들었기 때문이었다.

말로 하진 않았지만 시우는 '혹시 내가 돌아오지 않아도 기다리지는 마.' 라는 분위기를 풍기고 있었으니까.

시우는 이미 죽음의 문턱을 여러 번 겪어봤다. 그리고 삶의 마지막 순간에 느낀 것은 남겨두고 떠나온 사람들에 대한 후회였다. 때문에 이번에는 애초에 마음을 정리해두고 수아제트와 결전을 펼치려 했기 때문에 그런 분위기가 흘렀던 것이다.

한참 동안 침묵을 지키던 에리카는 그녀답지 않게 다부진 표정으로 시우를 올려다보았다.

"오빠. 마지막으로 어리광을 부려도 괜찮아요?"

시우는 잠시 고민했지만 어쩌면 이게 에리카와 함께하는 마지막 순간이 될 수 있다고 생각하니 거절하기가 여의치 않았다. 어떤 어려운 부탁이라도 들어주고 싶은 것이 시우의 본심이었다.

시우가 고개를 끄덕이자 에리카가 입을 열었다.

"저를 데려가 주세요."

"뭐?"

"이 마을에서 나갈 때 저를 데려가 주세요. 드래곤과 싸울 때는 먼 곳에 두고 가셔도 상관없어요. 저도 제가 짐이 될 수 있다는 것은 잘 알아요. 하지만 적어도 전투가 보이는 곳에서 체슈 오빠가 싸우는 걸 지켜볼 수 있게 해주세요. 제 마지막 어리광을 들어주세요."

시우는 당황했다.

이 부탁을 듣기 직전까지만 해도 에리카의 부탁이라면 뭐든 들어주겠다고 생각하던 시우였지만 아무리 그래도 이건 들어주기 어려운 부탁이었다.

만약 에리카를 데리고 갔다가 에리카의 몸에 무슨 일이라도 생기면 시우는 세리카를 볼 낯이 없었다.

시우가 구조를 바라는 눈빛으로 소라를 보았다.

포스칸들의 마을 테트라에서 떠나올 때도 리네는 시우와 함께 마을을 떠나려 했었다. 그때는 성인이 되지 않으면 마을을 떠날 수 없다는 포스칸들의 규율에 도움을 받았었다. 어쩌면 알테인들에게도 그와 흡사한 규율이 있을지도 모른다는 희망으로 소라를 쳐다본 것이다.

강하기는 포스칸이나 알테인이나 크게 다르지 않았지만 인간들은 포스칸들을 투인이라 부르며 두려워하는 반면 알테인들은 탐욕의 대상으로밖에 보지 않는 경향이 있었다. 그런 탓에 어쩌면 알테인들의 규율이 포스칸들의 규율보다 더 엄격할 수도 있었다.

그러나 소라는 시우의 편이 아니었다.

어느 쪽이냐 하면 오히려 에리카를 지지하는 쪽.

"나도 따라가겠어."

시우는 한숨이 절로 나왔다.

드래곤을 사냥하러 가는 길이다.

어쩌면 죽을지도, 아니 죽을 가능성이 더 큰 길인데 굳이 나서서 따라오겠다고 하는 저들의 기분을 이해할 수 없었다.

시우는 그녀들의 눈빛을 받으며 딱 잘라 따라오지 말라고는 말할 수가 없었다. 대책으로 시우는 장로를 팔았다. 마을을 지키는 입장의 그라면 그녀들의 고집을 꺾을 수 있을 거라는 생각이었다.

게다가 알테인들에게도 규율이 있다면 장로만큼 이들을 규율로 다스리기에 적당한 인물도 없었고 말이다.

"장로에게 허락을 받아낸다면야……."

시우의 말에 소라와 에리카는 시선을 교환하며 밝게 웃었다. 시우는 그 순간 뭔가 일이 잘못 돌아가고 있다는 것을 깨달았지만 이미 뱉은 말은 주워 담을 수가 없었다.

소라와 에리카가 바로 장로를 찾아가 마을바깥으로의 출입을 신청했다.

그러나 알테인들의 장로라는 입장은 시우가 생각하는 것만큼 권위적인 것이 아니었다. 신령을 소환하는데 성공한 장로라면 모를까 평범히 이름만 올린 장로들은 알테인들의 자유를 억압할 권한이 없었던 것이다.

이를테면 마치 먼 길을 떠나는 철새들처럼.

혹은 살아남기 위해 뭉친 늑대들처럼.

그 늑대 중 한 마리가 무리를 벗어난다고 늑대들의 우두머리가 억압할 권리는 없었다.

무엇보다 동족인 세리카를 구하러 가는 시우에게 아무것도 해줄 수 없다는 것이 마음에 걸리던 장로였다. 장로의 이름으로 시우를 도우라고 강요는 할 수 없었지만 소라가 스스로 시우를 도우겠다는데 막아설 이유는 없었다.

물론 아직 어린 에리카가 드래곤 사냥에 참가한다는 것이 마음에 걸렸지만 어디까지나 방해가 되지 않겠다고 열심히 자기주장하는 에리카의 모습에 장로는 고개를 끄덕였다.

"좋습니다. 살아남는 법은 배워야 하지만 살아가는 법은 스스로 만들어 가는 것이니까요."

시우는 소라와 에리카의 뒤에서 고개를 흔들고 손사래를 치면서 거절하라고 눈치를 주었지만 장로는 알아듣지 못하고 눈을 끔뻑거리면서 고개를 갸웃거릴 뿐이었다.

'모르는 척 하는 건지 정말 모르는 건지……'

시우는 전자일 확률에 무게를 실으며 땅이 꺼져라 한숨을 내쉬었다.

결국 시우가 마을을 나가는 것은 하루가 미뤄졌다.

소라도 부모님의 허락을 받아야 했고 또 에리카도 마을 사람들과 작별인사를 해야 했으니까. 지금까지 시우를 멀리하던 알테인들이 갑자기 시우의 집으로 몰려왔다.

무슨 일인가 시우는 크게 경계했지만 이내 그들이 내미는 물건들에 경계를 풀었다.

"에리카는 과일을 좋아하니까 과일을 많이 챙겨가세요."

그러며 마을사람들이 가져온 과일을 전부 모으자 그 무게만 100킬로그램이 넘어가고,

"남부는 이제 가을이죠? 중부에서만 자란 에리카에겐 추울 수 있으니까 옷을 잘 입혀주세요."

그러며 가져온 에리카가 입을 귀여운 옷가지가 수북하게 쌓였다.

그 외에도 알테인들은 수많은 생필품들을 챙겨주며 에리카를 걱정했다.

에리카가 혼자서 산다고 걱정을 하던 시우였지만 시우의 생각만큼 에리카는 혼자가 아니었던 모양이었다.

에리카의 곁에는 언제나 마을사람들이 함께하고 있었다.

시우의 아이템창 속에는 이미 과일이나 옷, 생필품이 많아 사실 마을사람들이 챙겨온 것들이 필요 없었지만 그들의 마음을 모르는 것도 아닌지라 시우는 두말없이

모든 물건을 챙겼다.

시우가 할 수 있는 말은 하나뿐이었다.

"에리카는 무슨 일이 있어도 무사히 돌려보내드리겠습니다."

가능하다면 세리카와 함께 웃는 얼굴로.

다음날 아침이 밝았다.

시우는 소라와 에리카를 위해 만든 마법도구들을 선물했다.

시우에겐 하늘의 기둥에서 채집한 수많은 마석들이 있었고 탑을 오르는 동안 기본적인 마법도구의 제작법도 익혀둔 상태였다.

시우는 그것을 액세서리의 형태로 만들어 그녀들의 목에 걸어주었다.

"마력이 가진 빛의 속성을 이용해서 날개를 투명하게 만드는 마법도구야. 날개에 닿는 빛들을 관통시키는 원리로 작동하지. 거기에 더해 마석이 박힌 목걸이의 뒷면에는 스위치가 달려있어. 그것을 작동시키면 전신을 투명화 시킬 수 있을 거야."

시우는 날개가 보이지 않자 신기해하는 소라와 에리카의 모습에 아이템창을 열어서 리카를 소환했다.

"으음."

리카는 잠시 어지러운지 이마를 짚었다. 아무래도 리카도 영혼을 가진 생명체인지라 아이템창 속에 들어가 있던 후유증이 생긴 모양이었다.

편의를 위해 리카를 아이템창에 넣었던 시우는 조금 걱정이 되었다.

"괜찮아?"

시우의 질문에 리카는 고개를 끄덕였다.

"잠깐 현기증이 들었을 뿐이에요. 그것보다 제가 그 안에 얼마나 들어가 있었죠?"

"하루가 조금 안 돼."

시우의 말에 리카는 고개를 저었다.

"시간 개념이 이상하군요. 마치 방금 들어갔다가 바로 나온 것 같기도 하고, 그와 비교할 수 없는 방대한 시간이 흐른 것 같기도 하고……."

아이템창이 가지는 시간 동결의 영향인 모양이었다.

시우는 리카가 잠시 정신을 차릴 여유를 준 뒤에 그녀에게 명령했다.

"나와 동행들을 수아제트의 탑까지 데려가 줘."

그것은 시우가 정령술사로서 정령에게 내리는 첫 번째 명령이었다.

시우는 그 순간 자신이 내뱉은 말이 기묘한 형태로 리카의 행동을 제약한다는 것을 느낄 수 있었다. 그렇지 않아도 정령들은 자신의 주인에게 충성을 다하지만 만일 주인에게 좋지 않은 마음을 가진 정령이 있다고 해도 명령에 거역할 수는 없을 것 같았다.

리카는 시우의 명령에 따라 시우, 리나, 소라, 에리카의 주위를 초록빛 바람의 막으로 둘러싸 허공으로 떠올렸다. 시우는 이로서 리카의 도움으로 하늘을 나는 것은 두 번째였지만 첫 번째는 정신을 잃은 채 옮겨진 것이었기 때문에 바람을 처음 타보는 것처럼 즐길 수 있었다.

비행은 굉장히 빨랐다.

알테인의 마을에서 수아제트의 탑까지는 대략 2,500킬로미터나 떨어져 있었다. 직선거리가 그 정도였으니 만약 걸어서 수아제트의 탑까지 찾아간다고 한다면 헤매지 않는다는 전제하에서 강행군을 한다 해도 2개월에서 3개월은 걸렸을 거리였다.

그러나 리카의 바람을 타고 하늘을 나는 시우 일행은 불과 3시간 만에 수아제트의 탑을 육안으로 확인할 수 있었다.

그것은 거의 음속에 가까운 속도였으니 시우로선 감탄이 절로 나올 수밖에 없었다.

속도도 속도였지만 바람은 푹신하고 하늘에서 내려다보는 광경은 절경이었다.

덕분에 편하게 목적했던 곳을 찾은 시우는 수아제트의 탑에서 조금 떨어진 곳에 일행을 내려놓으려 했다. 그러나 이내 눈에 들어온 광경에 시우는 눈살을 찌푸렸다.

수아제트의 탑이 여전히 붕괴된 상태였다.

아니, 오히려 떠나올 때보다도 더 붕괴가 진행된 것처럼 느껴졌다.

리카의 도움으로 탑 바로 앞에서 착지한 시우는 서둘러 탑으로 다가갔다.

탑에 흘러야할 마력이 거의 느껴지지 않았다.

하늘의 기둥은 굉장히 높다. 반면에 그것을 이루는 재질은 딱히 특별한 것이 아니었다. 드래곤의 마력으로 지켜지지 않으면 그 자체로 무너질 정도로 허술한 것이다.

그러니 하늘의 탑에는 항상 그 탑의 주인인 드래곤의 마력이 흐른다. 단순히 탑이 무너지지 않게 지키기 위한 용도이기도 했고 하늘의 기둥에 작동하는 수많은 마법들을 유지시키기 위해서.

그러나 지금 수아제트의 탑에는 그 마력이 거의 흐르고 있지 않았다. 만약 이대로 방치된다면 얼마 되지 않아 탑은 무너지고 말 것이다.

이유는 명확했다.

수아제트는 나이를 속여 드래곤 사냥꾼들의 침입을

유도했지만 결국 그들이 도망가는 것을 허용하고 말았다. 더 이상 같은 탑에서 계속 지낼 이유가 사라진 것이다.

이미 인간들은 수아제트의 동면기를 정확히 파악한 상태였고, 같은 탑에서 계속 지내게 될 경우 인간들은 수아제트가 동면에 든 틈을 타서 그의 숨통을 끊으려 할 것이 분명했다.

그런 사정을 감안하면 같은 탑에서 계속 지낼 필요가 없었다.

시우는 탑에 흐르는 마력이 적다는 것을 확인하고 그러한 사정을 직감했지만 도저히 믿을 수가 없었다.

죽음마저 각오하고 찾아왔다. 세리카를 구하기 위해서.

그런 시우의 각오가 무색하게 복수의 대상이 존재하지 않는다고?

그것은 상상하기 힘든 허탈감을 시우에게 안겨주었다.

만약 이곳에 수아제트가 없다면 시우는 그를 찾을 능력이 없었다. 그 탓에 시우는 현실을 인정하기가 쉽지 않았다.

마법을 이용해 탑의 벽을 타고 날아올랐다. 수아제트가 버린 탑에는 마력이 거의 남아있지 않았지만 여전히 몇 가지 기능이 작동하며 외벽을 타고 올라오는 시우를 향해 수많은 마법들이 쏟아져 나왔다.

그러나 온전하지도 못한 설치 마법 따위로는 시우의 털끝 하나 상하게 할 수 없었다.

시우는 순식간의 탑의 정상이 도달해 3개월 전 수아제트의 마법에 의해 뻥 뚫린 구멍으로 걸어 들어갔다.

휑하다.

죽어버린 드래곤 사냥꾼들의 시체가 어지럽게 널려있는 모습이 수아제트는 전투가 끝나자마자 바로 탑을 버리고 떠난 모양이었다.

불끈 움켜쥔 시우의 주먹이 바들바들 떨렸다.

시우는 더 이상 세리카가 어디에 있는지 알 수 없었다.

시우는 비틀거리는 발걸음으로 수아제트의 탑을 벗어나와 자유 낙하를 시작했다. 마치 아무런 생각도 없는 듯한 시우의 행동은 위험해 보였지만 이내 시우의 몸에서 피어오른 마력들이 시우의 몸을 붙잡으며 낙하속도를 줄이기 시작했다.

가볍게 착지한 시우의 주변으로 동행들이 다가왔다.

"어떻게 된 거예요?"

"…수아제트가 이곳을 버리고 새로운 거처를 마련한 모양이야."

"거기가 어딘데요?"

에리카가 물었지만 시우는 그것에 대한 대답을 알지 못했다.

시우는 그 자리에서 한참을 말없이 서있었다.

잠시 후 시우는 간신히 정신을 차릴 수 있었다. 아무리 수아제트가 탑을 옮겨 숨어들었다 하더라도 언젠가는 인간들에게 발각되어 모습을 드러낼 것이다.

이미 수아제트를 쓰러트리고자 목숨마저 각오한 시우는 그를 찾는데 걸리는 시간 따위는 아무런 문제가 되지 않았다. 단지 수아제트의 손 안에서 꼭두각시가 되어 있을 세리카에게, 그리고 세리카를 만나기 위해 마을마저 떠나온 에리카에게 미안한 마음이 들어 몸 둘 바를 모를 뿐이었다.

시우는 해가 중천에 떠오른 것을 확인하며 점심을 준비했다.

끼니때가 되었으니 식사라도 하면서 앞으로의 일에 대해서 상의하려는 생각이었다. 특히 에리카와 같은 경우 세리카와 만나기 위해 마을을 나온 것인 만큼 마을로 돌아가는 것에 대해서 생각을 해볼 필요가 있었다.

그러나 시우가 그에 대해 말을 꺼내기도 전에 에리카는 마을로 돌아갈 생각은 없다고 못을 박았다.

"제가 할 수 있는 것은 많지 않지만 저도 체슈 오빠를 도와서 언니를 찾을 거예요. 언니를 되찾기 전에는 마을로 돌아갈 수는 없어요."

마음이 여린 에리카의 고집이 이렇게 셀 줄은 몰랐던 시우는 한 수 접어줄 수밖에 없었다.

식사를 모두 마친 시우는 리카에게 부탁해 이번에는 제페스로 향했다.

바람의 정령은 본래 인간들의 지명에는 무지했지만 세리카의 기억을 단편적으로나마 가지고 있는 리카는 어렵지 않게 제페스를 찾아갈 수 있었다.

시우의 집이 있는 곳.

벌써 루리와 로이에게 돌아오겠다고 약속한 1년의 기일에서 1개월이 지난 상태였다. 일단 루리와 로이의 무사를 확인하고 합류를 해야 수아제트를 수소문하든 무엇을 하든 할 수 있을 것 같았다.

그러나 13개월 만에 찾은 제페스는 시우가 기억하던 것과는 다른 모습을 하고 있었다.

"…저게 뭐지?"

제페스의 성벽 한쪽이 무너지고 그 옆에는 돌로 이루어진 거대한 병사가 서있었다. 드래곤의 탑에서 이미 신물 나게 보아 익숙한 마법인형이었다.

마석만 있으면 인간 마법사들도 마법인형을 만들지 못하라는 법은 없지만 헤카테리아에서 마법인형은 전쟁병기의 일종으로 이미 낙인이 찍혀 있었다. 그러한 물건이 이렇게 공공연한 장소에 돌아다닌다는 것은 상식적으로 이해할 수 없는 일이었다.

성벽이 무너진 것도 그렇고 전쟁병기인 마법인형이 경계를 서고 있는 모습에 시우는 일이 예사롭지 않게 흘러가고 있음을 깨달을 수 있었다.

시우는 리카를 시켜 마법병기의 앞에 착지했다.

일단 상황이라도 확인하려는 행동이었는데 다행히도 마법병기의 주변에서 2명의 병사를 발견할 수 있었다.

마법병기의 발치에 앉아 시간을 때우던 병사들은 뒤늦게 시우 일행을 발견하고 화들짝 놀라 창을 꼬나들었다.

아무리 딴청을 피우고 있었다지만 4명이나 되는 행인의 접근을 허용한 사실에 병사는 눈살을 찌푸렸다. 제페스는 주변 숲을 개간해 시야가 넓은 곳이었기 때문에 주변을 경계하는 것이 어렵지 않았다.

그런데 시우 일행은 마치 땅에서 솟거나 하늘에서 떨어진 듯 나타났던 것이다.

사실이 하늘에서 내려온 것이지만 그것을 알지 못하는 경계병의 선임은 애꿎은 후임에게 신경질적인 빛을 담아 눈을 부라렸다.

그러나 지금은 그러고 있을 때가 아니었다.

이쪽엔 마법병기도 있고 상대는 수도 적었지만 접근하는 자들 중에 수인족이 섞여 있음을 확인했기 때문이었다.

선임병의 얼굴에 경계의 빛이 떠올랐다.

"너희는 누구냐! 정체를 밝혀라!"

"오랜 여행을 마치고 돌아온 제페스의 영지민입니다. 지금 이게 도대체 무슨 일이죠?"

시우가 영문을 알 수 없다는 듯이 과장된 몸짓으로 물었다.

선임병은 시우의 말에 의심부터 품었다.

아무리 여행을 떠났다 돌아왔다지만 어디 산 속 깊은 곳에 숨어 산 것이 아닌 이상에야 지금의 제페스가, 아니 임펠스 왕국이 어떻게 돌아가는지 모를 리가 없었다.

그것도 그럴 것이 제페스는 임펠스 왕국의 중앙 부근에 위치한 영지였다. 이곳으로 돌아오는 길에 아무 영지나 마을이라도 들러보았다면 임펠스 왕국이 어떻게 돌아가는지 모를 수가 없었던 것이다.

"정말로 아무 것도 모르는 건가?"

선임병이 의심 가득한 목소리로 묻자 시우는 짐짓 어리둥절한 표정을 연기하며 고개를 끄덕였다.

대충 상황은 짐작이 갔지만 정확한 정황을 확인할 필요가 있었다.

그런 시우의 멍청한 연기에 선임병과 후임병은 시선을 나눴다. 저놈의 이야기가 믿기냐고 서로 의견을 나누려는 것이었다. 그러나 병사들은 시우의 저의를 파악할 수 없었다.

이내 병사들의 의견이 시우가 정말 아무것도 모른다는 쪽으로 기울었다. 그들의 상식으로는 시우가 거짓말을 할 이유가 전혀 없었기 때문이었다.

그때 리나가 슬쩍 움직이자 선임병이 깜짝 놀라며 소리쳤다.

"움직이지 마!"

시우가 멍청한 것은 둘째 치고 수인족들의 전투능력이 얼마나 뛰어난지 잘 아는 선임병으로서는 쉽게 경계심을 풀 수가 없었다.

그러나 이내 그들의 등 뒤에 떡하니 자리를 잡고 서있는 마법병기의 존재를 상기한 선임병은 여유를 되찾을 수 있었다.

돌로 이루어진 이 거대한 인형은 마법사 길드에서 심혈을 기울여 만든 전쟁병기였다. 이 거대한 몸체를 움직이기 위해 사용된 마석의 값어치만 해도 무려 300파운드나 되는 값비싼 병기.

그러나 들어간 돈 이상의 역할을 해내는 병기이기도 했다.

일단 이 거대한 몸체, 10미터나 되는 거구에서 나오는 파괴력도 파괴력이었지만 이 마법병기를 쓰러트리기 위해선 체내에 심은 마석을 파괴하지 않으면 안 되었다.

마석만 멀쩡하면 팔이 부서지든 허리가 잘려나가든 주변의 돌을 흡수해 끝없이 재생되는 불사의 병기였던 것이다.

이미 전쟁을 통해 이 마법병기가 익시더들을 상대로도 큰 효과를 발휘한다는 사실을 알고 있던 선임병은 수인족의 존재에도 불구하고 여유를 부릴 수 있었다.

"헤헤헤! 멍청한 놈. 임펠스 왕국은 정복되었다! 당연히 임펠스의 영지 중 하나인 제페스도 함락되었지!"

"임펠스 왕국이 전쟁을 치르고 있나요?"

"내가 이미 정복되었다고 말했잖느냐! 전쟁은 끝났다. 임펠스 왕국은 멸망했어!"

시우는 이때 연기가 아니라 정말로 깜짝 놀랐다.

아무리 임펠스가 작은 왕국이라지만 한 나라가 고작 1년 남짓의 시간 안에 무너질 수 있다는 사실이 믿기지 않았기 때문이었다.

"그렇다면 상대 국가는……."

시우의 말에 선임병의 옆에 서 있던 후임병이 바닥을 구르던 깃발을 들었다.

국기에는 흙먼지가 잔뜩 묻어 영지의 높으신 분에게

들키면 고초를 면치 못할 모습이었지만 상대는 제페스의 영지민이었다. 흙먼지 따위는 아무래도 좋았다.

시우는 국기를 알아볼 수 있었다.

"알덴브룩 왕국?"

임펠스 왕국과는 국경이 접해 있는 인근 국가로 임펠스 왕국과는 사이가 좋지 않은 나라였다. 임펠스와 알덴브룩이 맞닿는 국경지는 넓은 평지로 이루어져 있었는데 그곳에서 나는 막대한 식량을 두고 오랜 다툼을 이어 온 나라이기도 했다.

곡식이 잘 익기를 가만히 지켜보다가 상대 영지에 꼬투리를 잡아 국지전투를 벌여 식량을 약탈하기도 하고, 약탈에 실패할 경우에는 밭에 불을 질러 수확을 방해하는 등 수많은 사건을 통해 서로 원한이 골수에 사무친 상대들이었다.

풍년에 든 잘 여문 밀의 색을 들어 양질의 밀을 황금밀이라고 부르는데 반면 이곳에서 나는 밀은 국지전투로 죽어나가는 병사들의 피를 먹고 자란다고 해서 황혼밀이라고 불릴 정도로 임펠스와 알덴브룩의 관계는 유명했다.

시우도 역사서를 통해 그 사실을 확인하면서 언젠가 전쟁이 날지도 모른다고는 생각했지만 설마하니 하늘의 기둥에 갔다 온 사이에 전쟁이 벌어질 줄은 꿈에도 몰랐다.

헤카테리아 대륙에선 지금도 크고 작은 전쟁이 계속해서 일어나며 왕국의 멸망과 신생이 반복되고 있었지만 전생에서 평화로운 현대의 삶을 살아온 시우에게 전쟁이란 결코 실감을 느낄 수 없는 이야기였기 때문이었다.

시우가 국기를 알아보고 넋을 놓자 병사는 시우의 말을 고쳐주었다.

"알덴브룩 왕국이 아니라 제국이다. 우리 알덴브룩은 스스로 제국임을 선언했지."

시우는 당황하다 못해 어처구니가 없었다.

왕국이 스스로 제국임을 선포하는 것은 '우리는 군사력이 뛰어나니 이제부터 주변 왕국들을 점령하고 지배할 거야. 그러니 꿀리면 항복하고 우리 휘하로 들어오는 것이 좋을 거야.' 하고 협박을 하는 것과 같았다.

알덴브룩이 임펠스 왕국과 전쟁을 한 것은 어느 정도 납득이 되었지만 제국이 되기를 선포했다는 사실은 이해를 할 수 없는 일이었다.

임펠스와 알덴브룩이 서로를 원수처럼 생각하며 지내온 세월이 100년에 가까운데 아직까지 전쟁이 일어나지 않은 이유는 서로의 군사력이 비슷하기 때문이었다.

지난 100년 어느 한쪽에 치우치지 않고 한쪽이 강해지면 같이 강해지고, 한쪽이 쇠퇴하면 같이 쇠퇴해지는 역사를 지켜왔기 때문에 전쟁을 치를 겨를이 없었던 것이다.

그런 임펠스와 전쟁을 치르는 와중에 스스로 제국임을 선포했다고?

그건 주변 국가에게 전쟁으로 취약해진 알덴브룩을 공격할 명분을 제공하는 것과 같았다. 임펠스 왕국을 점령하고도 남아돌 정도로 강력한 군사력이 없으면 불가능한 이야기였던 것이다.

시우는 아무리 생각해 보아도 알덴브룩에 그만한 군사력이 있을 거라고는 생각하기 어려웠다.

시우가 혼란에 빠진 사이 병사들은 수갑을 꺼내들었다.

강력한 마력이 감도는 것을 보아하니 마석을 박아 넣어 수갑을 채운 죄수의 마력과 원력을 제한하는 기능이 달려있는 모양이었다.

"지금 여기서 순순히 항복하면 해치지는 않겠다. 하지만 만약 저항하면 저 마법병기가 가만있지 않겠지."

선임병이 되도 않는 협박을 해왔다.

더 이상 연기는 필요가 없었다. 그러나 시우는 더욱 상세한 정보가 필요했다.

시우는 병사들이 알아채기도 힘든 속도로 리네를 뽑아 원력을 뿜어냈다. 그러자 검 끝에서 화살 모양의 아우라가 분출되어 마법병기의 마석을 관통했다.

마석을 잃은 마법병기는 이제 단지 돌로 만들어진 인형에 불과했다.

시우는 놀라서 소리를 지르려는 병사들의 모습에 마력을 방출했다.

언젠가 루카가 보여준 적 있는 소리 차단 마법이었다. 단지 시우의 출력과 통제력은 루카의 실력을 뛰어넘은 지 오래였다.

압도적인 통제력으로 인해 매우 소량의 마력만으로 재빠르게 병사들의 목소리를 지워버릴 수 있었다.

병사들은 목소리가 나오지 않는다는 사실에 기겁하며 등 돌려 도망가려 했지만 이미 에리카가 그들을 추월한 상태였다.

고작 11살의 어린 소녀. 병사들은 에리카가 자신들을 추월했다는 사실을 잊기라도 한 듯 그녀의 어린 모습에 방심하여 창을 휘둘렀지만 에리카는 가벼운 몸놀림으로 그것을 피해내 복부에 주먹을 꽂아 넣을 뿐이었다.

그런 그녀의 주먹에서는 은빛 아우라가 피어오르고 있었다. 그 일격이 얼마나 강력했던지 병사들은 바닥을 나뒹굴면서 비명 한 번 못 지르고 까무러쳤다.

"휘유!"

그 깔끔한 움직임에 감탄한 리나가 휘파람을 불었다.

그러나 시우는 식은땀을 흘릴 따름이었다.

처음 보았던 에리카의 여린 모습은 거짓이었을까 싶을 정도로 에리카의 손속은 과감했다.

그러나 병사들을 훌륭히 쓰러트린 에리카는 리나의 휘파람소리에 쑥스러워 하며 꼼지락거렸다.

"오빠에게 도움이 되겠다고 약속했으니까요."

얼굴을 붉힌 채 말하는 에리카의 모습에 시우는 헤벌레 웃으며 아무래도 좋다는 생각이 들었다. 어떻게든 시우의 도움이 되려고 어울리지도 않은 행동을 했다는 것이 얼마나 대견하단 말인가.

시우는 에리카의 머리를 쓰다듬어주고 마석 잃은 돌인형을 성벽에 기대어 세운 후 병사들을 양 어깨에 들쳐 멨다.

경계병의 교대 시간이 언제가 될지는 모르겠지만 돌인형을 최대한 손상 없이 처리한 덕분에 당분간 들킬 걱정은 하지 않아도 되었다.

시우는 일행들에게 투명화 마법을 걸었다. 본디 빛을 관통시켜 투명해지는 마법을 쓰면 같은 동료들도 서로를 확인할 수 없는 것이 정상이었지만 시우는 조금 공을 들여 투명화 마법을 쓰고도 서로를 볼 수 있도록 손을 썼다.

시우는 마법이 성공적으로 펼쳐진 것을 확인하고 앞장서서 무너진 성벽을 통해 제페스로 들어갔다.

제페스에 들어와 가장 먼저 볼 수 있었던 것은 높은 나무 장대에 효수한 수많은 머리통들이었다. 아마 전쟁에 패한 제페스의 장수나 영주, 그 휘하의 관리들인 모양이었다.

그중에는 시우도 잘 아는 인물이 있었다.

외성 시청의 공무원, 집과 시민권을 사면서 몇 번 얼굴을 맞이했던 인물이었다. 아무리 평민이라지만 시청에서 일하는 공무원도 제페스의 일에 가담하는 존재이니 목을 친 모양이었다.

시우는 그것을 올려다보면서 속이 뒤집히는 기분을 느꼈다. 아무리 잘 아는 사이는 아니라지만 사람의 목을 잘라 모두가 잘 볼 수 있도록 효수에 놓은 광경은 결코 보기에 좋은 것이 아니었다.

시우는 뒤늦게 아차 싶어 뒤를 돌아보고 안심했다.

이미 죽여야 사는 이 세계의 현실에 익숙한 시우도 이토록 기분이 나쁜데 아직 어린 에리카에게는 충격적인 광경일 수 있다는 생각이 든 탓이다.

그러나 다행히도 소라가 나서 에리카의 눈을 가리고 있었다.

"언니?"

"이곳을 통과하는 동안 두 눈 꼭 감고 있어."

소라는 이유를 말하지 않았지만 에리카는 얌전히 고

개를 끄덕였다.

소라는 이내 에리카의 두 눈에서 손을 떼고 눈을 감은 에리카의 손을 잡아끌면서 길을 인도했다.

제페스가 바뀐 것은 그 뿐이 아니었다. 일단 길을 다니는 영지민의 수가 무척 적었다. 전쟁통에 목숨을 잃은 영지민들이 많은 탓도 있었지만 살아남은 자들도 집 안에 틀어박혀 돌아다닐 생각을 전혀 할 수 없었기 때문이었다.

용병을 비롯해 신체 건장한 남성들은 모두 포로로 붙잡혀 들어갔고 여자들은 병사들의 노리개가 되어 겁탈을 당하기도 했으니 마음 놓고 거리를 돌아다닐 영지민은 없었던 것이다.

기껏해야 거리를 돌아다니는 인물들은 혹시 모를 상황에 대비해 거리를 순찰하는 알덴브룩 소속의 병사들이 대부분이었다.

게다가 외성 건물의 대부분을 차지하는 판잣집들이 대부분 불에 타 넓은 공터가 생겨난 상태였다. 그곳에는 낯선 형태의 건물이 세워지고 있었는데 아마 일종의 신전인 모양이었다.

무엇보다도 시우를 놀라게 한 것은 성벽 바깥에서도 보았던 마법병기가 성내에도 셀 수 없을 정도로 많이 배치되어 있다는 것이었다.

골목마다, 마법병기가 들어갈 공간이 있는 곳이라면 어디에서든 거인과 같은 모습을 한 마법병기를 볼 수 있었다.

시우가 기억하던 제페스와 너무나도 다른 광경에 시우는 불안한 기분이 들었다.

시우는 전쟁을 겪어보지 못했지만 그것이 얼마나 추악한 것인지는 충분히 알고 있었으니까. 어쩌면 루리가 전쟁에서 살아남았다고 하더라도 여인의 몸을 가진 이상 적 국가의 병사들에 의해 어떤 심한 꼴을 당했을 지 알 수 없는 상황이었다.

시우는 집에 도착해 마른침을 삼키며 대문을 열었다.

집 안에서는 아무런 기척도 느껴지지 않았다. 혹시나 싶어 촉각을 곤두세워 확인해 보았지만 집 안에서는 숨소리조차 들려오지 않았다.

집안은 마구 어지럽혀져 있었다.

함락된 영지민들을 대상으로 피에 취해 분노와 광기에 휩싸인 병사들은 전투에 대한 보상으로 약탈을 하고 다녔고 그것은 루리와 로이가 지내는 시우의 집도 벗어날 수 없었던 것이다.

바닥에 어지럽게 찍혀있는 검붉은 군홧발자국이 시우의 머리칼을 곤두세웠다.

이미 제페스가 함락한 지 어느 정도 시일이 지난 탓에 거리에는 시체도, 핏자국도 남아있지 않았지만 빗물이 흐르지 못하는 집안은 당시의 흔적이 그대로 남아있었던 것이다.

도대체 저 핏자국은 누구의 것일까.

시우는 집안을 훑어보았지만 어디에서도 루리나 로이의 시체는 발견할 수 없었다.

무사히 도망을 쳤다면 좋을 텐데.

시우는 떨리는 가슴을 진정시키며 어깨에 지고 있던 병사들을 집안 구석에 팽개치고 일행에게 걸려있는 투명화 마법을 풀었다.

"이제부터 어쩔 거야?"

"일단 이놈들을 깨워서 지난 일 년 간 정세가 어떻게 돌아가는지 파악하는 것이 급선무 같아."

시우는 일단 집 주변으로 마법을 쳐서 소리가 바깥으로 빠져나가지 않도록 처리를 하고 집안구석에 쓰러져 정신을 차릴 줄 모르는 병사들에게 의식 회복 마법을 펼쳤다. 잠에 들었거나 기절 따위로 정신을 차리지 못하는 사람을 강제로 깨우는 마법으로 피시전자를 피폐하게 만드는 좋지 않은 마법이었지만 시우가 그들을 염려해 줄 필요는 없었다.

"허어억!"

마치 악몽이라도 꾼 듯 헛바람을 들이키며 병사들이 몸을 일으켰다. 마법의 반작용이 벌써 나타나는지 그들의 얼굴은 초췌해져 있었다.

잠시 주변을 둘러보며 상황을 살핀 병사들이 비명을 질렀다.

"사, 사람 살려! 침입자다! 침입자가 나타났다!"

그러나 이미 소리를 차단하는 결계 마법을 쳐둔 시우는 그들이 얼마나 소란을 일으키든 신경 쓰지 않았다.

"그래. 소리쳐라. 그래봐야 너희의 목소리를 들을 수 있는 사람은 나밖에 없으니까."

시우의 싸늘한 목소리에 두 병사의 얼굴이 파랗게 질렸다. 어쩌면 이곳에서 죽을지도 모른다는 생각에 기가 죽은 탓이었다. 특히 후임병과 같은 경우는 시우가 그들을 죽이지 않고 살려뒀다는 사실에 더욱 큰 공포를 느끼고 있었다.

후임병은 정신을 차리자마자 가지각색 상상력을 동원하여 어쩌면 저들이 자신들을 고문하여 알덴브룩의 군사기밀을 빼돌리기 위한 첩자일지도 모른다는 생각을 하고 있었기 때문이었다.

정황만 보면 그럴 듯한 상상이기도 했지만 시우는 알덴브룩의 군사기밀 따위엔 추호도 관심이 없었다. 그러나 후임병은 그 사실을 알 수 없었다.

후임병은 바지에 오줌을 지리며 외쳤다.

"난 몰라요. 아무 것도 몰라요."

만약 그가 알고 있는 군사기밀 따위가 있었으면 벌써부터 불어버렸을 정도로 간담이 작은 자였다.

그런 후임병과는 대비적으로 선임병은 파리한 안색이긴 하나 냉정한 이성을 유지하고 있었다.

시우의 전생에서 '호랑이에게 물려가도 정신만 차리면 산다.' 는 말이 있듯 헤카테리아에도 그와 비슷한 말이 있다.

쟈탄들은 인간고기를 매우 좋아해 때로 성벽을 타고 넘어 들어와 인간을 납치해 가기도 했는데 그것을 빌어 헤카테리아에는 '쟈탄에게 잡혀가도 탈출할 기회는 온다.' 라는 말이 있었던 것이다.

선임병은 그 말을 머릿속으로 되뇌며 입을 열었다.

"우리를 살려둔 것을 보아하니 우리에게 원하는 것이 있는 모양인데, 무엇을 원하오?"

시우는 선임병이 협조적인 태도로 나오자 그것을 반기며 질문을 시작했다.

알덴브룩과 임펠스의 군사력은 비슷한 수준인데 어떻게 이렇게 전쟁이 빨리 종결되었는지, 알덴브룩은 임펠스와 전쟁을 벌이면서 왜 인접 국가들을 적으로 돌리는 제국주의 선포를 했는지 등의 질문들이었다.

선임병은 시우의 질문에 얼굴을 찌푸렸다. 시우의 질문은 군이 알덴브룩의 병사가 아니라도 충분히 대답할 수 있는 질문들이었기 때문이었다.

선임병은 시우가 정말로 산간벽지에서 지내다 온 것인가 싶었지만 사담은 할 수가 없었다. 어디까지나 병사들은 적들에게 붙잡힌 포로였고 질문을 하는 것은 그들을 붙잡은 저들의 역할이었으니까.

"이것은 성전이었소."

선임병은 그렇게 입을 열었다.

Respawn

NEO FUSION FANTASY STORY & ADVENTURE

24장.

현상수배

현상수배

리스폰

"성전이라고?"

시우는 이해할 수 없다는 억양으로 물었다.

성전이란 일반적으로 교단과 교단 사이의 이해가 일치하지 않을 경우 일어나는 전쟁을 이르는 말이었다.

이를테면 거짓 신을 섬기는 사이비 종교를 처단하거나 파괴의 신 파일로스, 복수의 신 다인두스와 같이 강경책으로 세상을 혼란스럽게 하는 교단과의 전쟁에 쓰이는 말이라는 의미였다.

주로 성전은 헤카테리아의 삼대주교인 엘라, 세일라, 베헬라가 주도하는 전쟁을 이르는데 임펠스가 파괴나 복수를 숭상하는 마신을 섬기지 않는 이상 삼대주교가 성전을 일으키리라고는 보기 힘들었다.

심지어 베헬라에게 계시를 내려 받은 베헬라의 성녀
는 임펠스에 한 번 다녀가면서 이곳에 준동하는 적 세력
은 흔적도 없다는 것을 이미 확인한 바도 있었다.

시우가 의아해하자 선임병은 이해할 수 없다는 듯 고
개를 저었다.

"도대체 어떤 산간벽지에 있다 오셨기에 이런 것도 모
르오?"

"…쓸모없는 소리 말고 질문에 대답이나 해."

시우의 말에 병사는 고개를 저으며 이야기를 늘어놓
기 시작했다.

알덴브룩 왕국은 제국임을 선포함과 동시에 하나의
신만을 섬기는 교국임을 밝혔다. 충격적인 것은 그런 알
덴브룩 제국이 섬기는 신이 파괴의 신 파일로스라는 사
실이었다.

처음 헤카테리아의 국가들은 그런 알덴브룩의 행세를
이해할 수 없었다. 파일로스는 엄연히 삼대주교가 주적
으로 삼는 마신 중 하나였으니 파일로스를 섬기는 사실
만으로 삼대주교는 물론 헤카테리아에 존재하는 모든
국가들을 적으로 돌릴 수 있었기 때문이었다.

그러나 더욱 놀라운 사실은 그 직후에 일어났다. 알덴
브룩 제국에서 파일로스의 이름으로 성전을 일으켰기

때문이었다.

성전의 첫 타겟은 임펠스 왕국, 알덴브룩과는 악연이
긴 국가였고 주변 나라들은 그러한 알덴브룩과 임펠스
의 정세를 숨죽여 지켜보았다.

그들의 상식으로는 아무리 생각해보아도 알덴브룩에
게 가망이 보이지 않았다. 그러나 그래서 더욱 알덴브룩
의 행동이 의심스러웠던 것이다. 무언가 숨기는 것이 있
지 않고는 저렇게 당당할 수가 없었으니까.

알덴브룩은 전황을 유리하게 이끌어 나갔다. 알덴브
룩은 압도적으로 많은 마법병기를 내세워 임펠스를 몰
아붙였던 것이다.

알덴브룩에 그만한 자금력이 있을 거라고 생각지 못
한 임펠스와 주변 국가들은 당연히 놀랄 수밖에 없는 일
이었다. 애초에 자금력이 있다고 해도 임펠스를 비롯한
주변 국가에게 들키지 않고 이만한 마법병기를 만들어
낼 수는 없는 법이기 때문이었다.

알덴브룩은 순식간에 임펠스의 영지들을 차례차례 점
령해갔고 드디어 임펠스의 수도에까지 도달했다.

지금까지 알덴브룩이 마법병기를 앞세워 전쟁에서 승
리를 거듭해왔지만 수도를 점령하는 것은 어려운 이야
기였다.

임펠스 왕국의 수도에는 2개의 드래곤 하트와 드래곤

티어에서 부화한 드래곤을 길들여 타고 다니는 용기사가 있었다.

하나의 드래곤 하트는 성벽에 설치하여 드래곤 수준의 마법이 아니면 뚫리지 않을 강력한 방어막이 펼쳐져 있었고, 하나의 드래곤 하트는 드래곤들의 마법 못지않은 파괴력을 발휘하는 한 자루 검으로 만들어 용기사에게 쥐어주었다.

아무리 많은 병사나 마법병기가 있다고 해도 알덴브룩이 임펠스의 수도를 함락시키려면 임펠스 왕국이 소유한 2개의 드래곤 하트와 용기사부터 처리를 해야 할 상황이었다.

그러나 드래곤 하트라는 전략병기에 맞서 대항할 수 있는 것은 같은 드래곤 하트밖에는 존재하지 않았다. 알덴브룩이 소유한 드래곤 하트의 숫자가 2개밖에 되지 않는다는 사실은 알덴브룩에 침투한 첩자를 통해 이미 잘 아는 사실이었고 알덴브룩의 유일한 용기사는 주변 국가의 도발에 대비해 알덴브룩의 수도에서 대기하고 있는 상태였다.

알덴브룩이 소유하고 있는 2개의 드래곤 하트를 이용한다면 어쩌면 가능성이 있을지도 몰랐지만 만약 드래곤 하트를 임펠스와의 전쟁에서 모두 소모하면 그 이후 공격해 올 주변 국가들을 견제할 수단이 사라지게 되기 때문에 알덴브룩은 함부로 드래곤 하트를 사용할 수도 없는 상태였다.

어떻게 보아도 알덴브룩군의 임펠스 수도 함락은 어려워 보였다.

그리고 그 순간 헤카테리아 전 대륙이 깜짝 놀랄 사건이 벌어졌다.

알덴브룩군 측에서 갑자기 3마리의 드래곤이 날아올랐기 때문이었다.

알덴브룩 제국이 운용하는 대부분의 마법병기는 드래곤들의 지원이었던 것이다.

3마리 드래곤들의 정체는 다음과 같았다.

성룡(聖龍) = 세인트 드래곤(Saint Dragon), 베네모스.

400년을 살아온 하얀 비늘의 드래곤, 아이시크.

인간에게 눈을 잃어 복수심에 불타는 검은 비늘의 드래곤, 수아제트.

그들이 파괴의 신 파일로스의 이름 아래 알덴브룩과 연합을 이루었다는 이야기에 임펠스 왕국은, 그리고 헤카테리아 대륙은 공포에 떨었다.

감히 누가 있어 드래곤들이 연합을 이룰 것이라 상상이나 했겠는가.

물론 대륙의 수많은 현자들은 드래곤 사냥의 위험성

에 대해 끊임없이 경고를 해왔지만 드래곤 하트를 향한 욕심에 눈이 먼 영지, 국가들은 그들의 말에 귀를 기울이지 않았다.

결국 알덴브룩 제국은 드래곤 하트를 사용할 필요도 없이 3마리 드래곤들의 도움을 받아 임펠스 왕국을 함락시킬 수 있었다.

시우는 모든 이야기를 듣고 한참 동안 입을 열 수 없었다.

그것은 병사들의 말을 엿듣기 위해 주위에 모인 시우의 일행들도 마찬가지였다.

그러고 보니 시우는 오면서 보았던 건축 현장이 떠올랐다. 판잣집이 불타 생긴 공터에 지어지던 멋스러운 신전. 아마 그것이 파일로스를 위한 신전인 모양이었다.

시우는 한참동안 생각을 정리한 후에야 간신히 입을 열었다.

"…성룡이 도대체 뭐지?"

시우는 드래곤에 관련된 책을 굉장히 많이 읽어보았지만 성룡이라는 단어는 무척 낯설었다.

그런 시우의 의문에 병사는 자세히 설명했다.

엘라, 세일라, 베헬라와 같은 여신은 그들의 사자로 인간 여자를 선택해 성녀로 삼고, 파일로스나 다인두스와 같은 남신은 인간 남자를 신의 사자로 선택해 성자를 뽑는다.

그런데 놀랍게도 파일로스는 드래곤을 데려다가 신의 사자로 삼아버린 것이었다.

지금까지 인간을 제외한 종족이 신의 사자가 된 일은 전무했기 때문에 그를 지칭할 단어는 당연히 새롭게 만들어질 수밖에 없었다. 드래곤은 성별이라는 것이 존재하지 않는 종족이었으니 성녀나 성자라고 부르기에는 애매했으니까.

그것이 바로 성룡이었다. 신의 사자로 선택된 성스러운 드래곤이라는 뜻을 품은 단어.

시우는 병사의 말을 들으면서 아연한 기분에 휩싸였다.

너무 현실성이 없어서 생각을 이어갈 수가 없었다.

그러나 시우는 이내 정신을 차렸다.

다른 이야기들은 어떻게 되든 상관이 없었다. 지금 시우에게 중요한 것은 수아제트가 알덴브룩 제국에 연합하여 전쟁을 벌이고 있다는 사실 뿐이었다.

수아제트가 하늘의 기둥을 버리고 떠난 탓에 어디서 그를 찾을지 답답하기만 하던 시우였으니 그에 대한 소식은 시우에게 반가울 정도였다.

그 사실에 비하면 임펠스 왕국이 멸망을 하든, 알덴브룩 제국이 대륙통일 전쟁을 일으키든 시우는 아무 상관이 없었다.

"그 수아제트라는 드래곤, 놈은 어디에 있지?"

시우의 질문에 선임병은 드디어 올 것이 왔다는 표정을 지었다.

포로를 심문하는 기술 중에 이런 것이 있다. 누구나 대답할 수 있는 당연한 질문으로 포로의 말문을 열고 쉴 틈 없이 중요한 질문을 던져 대답을 얻는 방법.

한 번 입을 열기 시작한 포로들은 이 기술에 대해 알지 못하면 저도 모르게 정보를 흘리기 마련이었다. 아무리 가벼운 정보라도 일단 입을 열기 시작하면 심리적인 방어기제가 약해지기 때문이었다.

하지만 선임병은 이러한 심문 기술을 이미 알고 있었고, 그는 시우를 타국의 첩자라고 확신했다. 그렇지 않고는 드래곤의 위치 따위를 물을 이유가 없었으니까.

"안타깝지만 나 같은 말단 병사가 그런 중요한 군사기밀을 알 수는 없는 법이오."

선임병은 진심을 담아 이야기했다.

그는 정말로 이 상황이 안타까웠다. 만약 저들이 타국의 첩자가 확실하다면 모른다는 말로는 고문을 피하기 어려운 법이었다. 아무리 모른다는 말이 사실이라 해도 그들은 정보를 빼내기 위해 병사들을 고문해야 할 테지.

만약 선임병이 군사기밀에 대해 아는 것이 있었다면

고문이 시작되기 전에 모두 불어버리고 첩자가 소속된 국가에 보호를 요청했을지도 모를 일이었다.

"〈사실대로 말해.〉"

시우는 병사들에게 정신 마법을 걸어 다시 한 번 질문했지만 대답은 똑같았다.

시우의 최대 마력은 이제 겨우 2만 포인트를 찍은 상태였기 때문에 정신 마법의 신용도는 많이 뒤떨어졌지만 시우는 병사들의 말을 믿어주었다.

그가 생각하기에도 이런 말단 병사들이 그런 중요한 정보에 대해서 알고 있으리라고는 생각하기 어려웠기 때문이었다.

"〈깊은 잠에 빠져들어라.〉"

시우는 포션으로 마력을 회복하고 병사들에게 수면 마법을 걸어주었다. 수면 마법의 한계에 의해 길어야 12시간이 지나면 정신을 차리겠지만 지금은 그것으로 충분했다.

어차피 제페스에 침입자가 발생했다는 사실은 경계병의 교대시간이 되면 발각될 일이었으니까.

시우는 리카를 불렀다.

그러자 지금까지 바람 속에 녹아들어 숨어있던 리카가 모습을 드러냈다.

"왜요?"

"부탁할게 있어. 혹시 네 능력을 이용해 사람을 찾거나 하는 것이 가능해?"

"혹시나 싶지만 드래곤 수아제트를 찾아 달라는 것은 아니겠죠?"

시우는 그런 생각은 해보지 못했지만 가능하다면 좋은 생각이라 생각하며 가능성을 물어보았다.

"관두세요. 시도는 해볼 수 있겠지만 시간이 너무 오래 걸리고 겨우 찾았다고 하더라도 수아제트의 정신 마법에 당하면 역으로 습격을 당할 뿐이에요."

시우는 한숨을 푹 내쉬며 고개를 끄덕였다.

"그럼 수아제트는 신경 쓰지 마. 그래도 사람을 찾는 것은 가능하다는 이야기지?"

리카는 고개를 끄덕였다.

"혹시 세리카에게 전해 받은 기억 중에 루리나 로이의 얼굴을 기억하고 있어?"

리카는 그제야 시우의 의도를 파악하고 대답했다.

"그들을 찾아보는 것은 충분히 가능해요. 하지만 찾는 사람의 주변에 정령이 있다면 몰라도 그렇지 않다면 어느 정도 시간이 소요되는 것은 이해해야 돼요."

시우는 리카의 말을 듣고 잠시 생각을 정리했다.

"오래지 않아 제페스에서 떠날 생각이니까 일단 제페스 주변이라도 빠르게 살펴줘."

리카는 시우의 명령을 받아들이며 양해를 구했다.

"잠깐 원력을 빌려 써도 될까요?"

"원력을? 그러면 더 빨리 찾는 것이 가능해?"

"예. 저는 바람의 최상위 정령. 주인님의 원력을 빌리면 바람의 정령을 만들어내는 것이 가능해요."

시우는 제법 쓸 만한 리카의 능력에 감탄하며 얼마든지 끌어 쓰라고 허락을 해주었다.

그러자 시우의 몸에서 방대한 양의 원력이 빠져나가며 리카의 주위로 수많은 바람의 정령들이 태어나기 시작했다.

수색 능력에만 치중한 정령들로 만들어낸 탓에 기껏해야 산들바람밖에 만들지 못하는 정령들이었지만 이토록 많은 정령들의 도움을 받으면 제페스처럼 큰 도시라도 수 시간이면 수색을 마칠 수 있을 것 같았다.

시우는 사방으로 흩어지는 바람의 정령들을 지켜보면서 리젠으로 소모한 원력을 회복하기 시작했다.

그렇게 대략 40분의 시간을 보내고 원력이 모두 회복됐음을 확인한 시우는 집을 나와 내성쪽을 바라보았다.

제페스는 3개의 성벽으로 이루어져 있다.

외성 외각을 지키는 외성벽, 내성 외각을 지키는 내성벽, 그리고 영주성을 지키는 영주성벽.

시우는 내성벽 너머에 세워진 영주성벽을 바라보며 생각을 정리했다.

말단 병사들은 수아제트가 어디에 있는지 몰랐다. 그렇다면 함락된 영지를 지키고 있는 이들의 지휘관이라면 수아제트가 어디에 있는지 알고 있을까?

시우는 잔류병들의 지휘관이 있을 법한 제페스의 영주성을 뚫어져라 쳐다보았다.

투명화 마법에 소리 차단 마법. 이 두 가지 마법을 섞어 쓰면 인기척은 확실하게 죽일 수 있을 것이다. 그러나 시우는 고민될 수밖에 없었다.

이 방법을 쓰려면 영주성으로의 침투는 혼자서 해야 한다는 의미였는데 그것은 별로 내키질 않았기 때문이었다. 아무리 시우의 실력이 출중하여 모우로의 마법사단 단장인 돈 루카의 출력과 통제력을 넘었다지만 시우에겐 최대 마력량이 적다는 약점이 있었다.

출력과 통제력은 넘치는 재능으로 어떻게 할 수 있었지만 최대 마력량만큼은 시우도 어쩔 수가 없었다. 최대 마력량은 마법을 배우며 그만큼 마력 축적에 시간을 들여야 하는 일이었으니까.

물론 현재 시우의 최대 마력량인 22,000포인트는 시우가 마력을 쌓기 시작한 것이 2년이 안 된다는 것을 생각해보면 엄청난 성장 속도임은 틀림없는 일이었지만 말이다.

어찌 되었든 시우가 이 세계에 넘어와 배운 것 중에는 하늘이라고 생각한 위에도 하늘은 있다는 것이었다. 자만심에 빠져 들키지 않을 것이라고 확신하고 영주성에 홀로 침입했다가 시우보다 뛰어난 실력의 마법사와 마주쳐 포위를 당하면 그것처럼 멍청한 일도 없을 것이다.

사사로운 일로 소라와 리나에게 부탁을 하는 것은 미안했지만 시우는 그녀들에게 도움을 요청코자 했다. 시우가 미안한 눈치로 말을 꺼내자 그녀들은 대번에 얼굴을 찌푸렸다.

"그게 뭐 하기 어려운 이야기라고 그러냐? 체슈 답지 않냐."

"너와 같이 마을을 나왔다는 건 위험조차 공유하겠다는 뜻이라고, 바보야."

시우는 괜히 그녀들의 말에 코끝이 시려왔다.

그러나 시우가 그러한 감정을 느낄 여유도 없이 에리카가 입을 열었다.

"저도 도와드릴게요."

"아니, 잠깐. 그것은……."

시우는 당황했지만 에리카는 자신도 도울 수 있다는 것을 증명하려는 모양인지 알테인 특유의 동화 능력으로 기척을 숨겼다. 바로 코앞에 보이는데도 거기에 있다는 것을 확인하기가 어려웠다. 이 능력을 십분 활용하면 은신에 있어선 따라올 자가 없을 것이다.

시우는 한참을 고민했지만 고개를 끄덕였다.

언제까지나 에리카를 어린 아이 취급할 수는 없었다. 적어도 그녀는 웬만한 익시더들 보다도 뛰어난 능력을 가지고 있었다. 그 능력에 적합한 대우를 할 필요가 있겠지.

이 선택에는 일행에 소라와 리나가 함께 한다는 것이 큰 도움이 되었다. 설사 에리카의 몸에 위험이 닥치더라도 그녀들이 함께라면 에리카를 지키며 같이 싸우는 정도는 충분히 할 수 있을 터였다.

시우는 일행을 이끌고 영주성으로 향했다.

잔류병들의 순찰이 얼마나 삼엄한지 가는 길목마다 순찰병들이 뛰어나왔다. 다행히도 순찰병들 중에는 마법사가 포함되지 않아 아무도 시우가 일행들에게 건 투명화 마법을 간파할 수 없었지만 말이다.

시우는 영주성이 가까워지자 일행들과 함께 근처 건물의 지붕 위로 올라 투명화 마법을 풀었다. 만약 시우보다 뛰어난 실력의 마법사가 있다면 영주성의 근처에서 마법을 쓰는 것만으로 정체를 들킬 수 있었기 때문이었다.

시우 일행은 지붕 위에 숨어서 영주성문을 지키는 경

비병이 교대되기를 기다렸다. 침입 사실을 최대한 숨기려면 교대 시간을 최대한 활용하는 것이 좋다는 판단이었기 때문이었다.

잠시 후 영주성 내에서 소란이 일며 몇몇 기사들이 영주성에서 빠져나왔다.

"우리들의 침입 사실이 들킨 모양이네."

아마 외성벽 밖에서 경계를 서던 병사들이 교대하는 와중에 파괴된 마법병기와 병사 둘이 실종되었다는 사실이 발각된 것이겠지.

하지만 이 타이밍에서의 발각은 오히려 시우 일행에게 좋은 소식이라 할 수 있었다.

시우를 찾기 위해 영주성에 거주하던 주력들이 영지 곳곳으로 흩어졌으니 영주성 내의 경비가 약해졌으니까.

이내 영지성문을 지키는 경비병이 교대를 하자 시우가 행동하기도 전에 소라와 에리카가 움직였다.

영지성벽의 반경 50미터 이내엔 어떠한 건축물도 지어지는 것을 금지한 탓에 영지성문 앞은 시야가 확 트여 있었지만 그럼에도 불구하고 경비병들은 소라와 에리카의 움직임을 파악할 수 없었다.

그 정도로 알테인의 은신 능력은 뛰어났고 또한 재빨랐기 때문이었다.

뒤늦게 시야에 들어온 소라와 에리카의 모습에 경비병이 헛바람을 집어삼켰지만 그들은 비명을 지를 틈도 없이 한 방씩 주먹을 얻어맞고 정신을 잃어야 했다.

시우와 리나는 그런 소라와 에리카의 행동을 뒤에서 지켜보면서 굉장히 편하게 영주성으로 침입을 할 수가 있었다.

기척을 느끼는 능력에 있어선 시우가 소라보다 나은 탓에 시우가 다가오는 병사들의 기척을 감지하고 알려주면 잠시 후 투탁거리는 작은 소리가 들려오며 쓰러진 병사들의 모습을 확인할 수 있었다.

시우는 그것을 지켜보며 알테인들에게 욕심이 있었다면 세상이 어떻게 돌아갔을까 하는 묘한 생각을 해보았다. 만약 알테인들을 한데 모아 이끌 수 있는 지도자가 있었다면 그 누구도 범접하지 못할 알테인들만을 위한 강대국이 탄생했을지도 몰랐다.

군사력이면 군사력, 자금력이면 자금력, 어느 것 하나 뒤떨어지지 않는 그런 국가 말이다.

그러나 시우는 이내 고개를 흔들며 잡념을 털어버렸다. 그런 가설을 세우기에 앞서 알테인들에게는 그런 욕심이 부족했고 무엇보다 그런 그들을 한데 모을 지도자가 없었다.

가설은 가설에 불과할 뿐이었다.

이내 시우는 마법사들이 거주하는 기숙사를 발견하고 소라에게 알려주었다. 시우는 마법이 펼쳐지면 위험해질 수 있다고 주의를 주었으나 놀랍게도 소라는 마법사들이 마법을 펼칠 여유도 주지 않고 모든 마법사들을 제압했다.

아무리 소라라도 조금은 지쳤는지 숨을 헐떡였지만 마법사들을 모두 제압했으니 소라의 역할은 충분했다.

시우는 마법사들에게 수면 마법을 걸어 당분간 깨어날 수 없도록 조치를 취한 뒤, 영주성에서 가장 강한 것으로 추측되는 기척을 쫓아 영주성을 올랐다.

기척은 집무실에서 흘러나오고 있었다. 아마 이 기척의 주인이야 말로 제페스에 잔류한 병사들의 지휘관일 터였다.

시우가 당당하게 문을 열고 들어가자 서류를 넘기던 사내가 눈살을 찌푸렸다.

사내의 이름은 프히트 데카스.

데카스는 알덴브룩군의 12개 기사단 중 한축을 지휘하는 12명의 단장 중 한명이었다. 지위는 전쟁이 시작될 때만 하여도 준귀족인 조작위였지만 제페스를 점령하고 그 빈자리에 앉게 된 데카스는 제페스를 함락시킨 공적을 인정받아 용호랑자조의 다섯 지위 중에 랑작위(狼爵位) = 노블 울프(Noble Wolf)의 작위를 하사받을 수 있었다.

한 영지를 다스리는 고결한 늑대.

이제는 '준' 귀족 따위가 아니라 정말 귀족이 된 것이다.

하지만 항상 일선에서 활약하는 현장파인 데카스에게 하나의 영지를 다스리는 입장은 맞지 않는 옷처럼 답답했다.

스스로 다스리지 못하겠다면 참모나 관리 따위의 인재를 등용하여 도움을 받는 것이 적합하겠지만 제페스의 기존 인재들은 모두 목을 베어 효수한 마당이었다. 휘하의 병사들은 두 말할 필요도 없었고 나름 머리가 돌아간다는 마법사들 중에서도 영지를 다스리는 법에 대해서 아는 자는 전무한 실정이었다.

임펠스가 함락 된 지 2개월가량이 지난 지금도 제페스의 분위기가 우중충한 것은 그 탓이 가장 컸다. 하지면 출세에 욕심이 많은 데카스가 서류나 결재하는 일이 답답하다고 작위를 포기하는 일은 일어나지 않을 터였다.

오히려 데카스는 어떻게 더 출세를 할 수는 없을까 눈에 불을 켜고 알덴브룩 제국의 정세를 열심히 살피는 중이었다.

알덴브룩 제국에 대항할 여력이 없는 약소국가들을 차례차례 항복을 표하며 알덴브룩의 속국을 자처하고 있었고 몇몇 국가들이 연합을 맺으며 알덴브룩을 견제하고 있었지만 적어도 헤카테리아 남부에는 알덴브룩 제국의 적이 될 세력은 없는 듯했다.

드래곤과 연합을 이루는 국가라는 알덴브룩 제국의 위상은 날이 갈수록 치솟고 있었고 약소국가들은 그런 알덴브룩의 보호를 대가로 드래곤 하트를 비롯한 수많은 상납금을 바쳐오고 있었던 것이다.

알덴브룩 제국은 그런 상납금과 함께 주변 국가들을 집어삼키며 한계를 모르고 덩치를 불리고 있었다. 더 이상 영지 함락 따위로는 큰 공적을 인정받기 어려운 현실이었다.

그때 데카스의 손에 들어온 것이 한 장의 현상수배지였다.

놀랍게도 드래곤 수아제트가 직접 수배를 요청해 현상금을 걸었던 것이다.

현상금은 수아제트 본인의 드래곤 하트. 물론 전부는 아니었다. 드래곤은 원한다면 자신의 드래곤 하트를 쪼개서 남에게 줄 수 있었다. 절반 이상을 잃으면 죽음에 이르므로 매우 조심해야 할 일이었지만 수아제트는 스스로의 드래곤 하트를 현상금으로 걸어서라도 죽이고 싶은 상대가 있었다.

데카스는 그것을 기회라고 생각했다.

드래곤 하트는 국가 차원의 전략병기. 그것을 소유한다는 것은 권력을 의미했다. 물론 그것을 소유한다는 자체만으로 황제의 눈총을 받을 수 있겠지만 만약 황제에게 드래곤 하트를 상납하면 그 공적으로 더 큰 영지나 더 높은 작위를 수여받을 가능성도 없지는 않았다.

데카스는 다른 누구보다도 현상수배지에 그려진 청년에 대한 수소문에 열정적으로 참여했지만 2개월이 지난 지금도 본인은커녕 비슷한 사람조차 찾을 수가 없었다.

그런 데카스의 눈앞에 현상수배지에 그려진 인물과 똑같이 생긴 청년이 나타났다.

데카스는 이것이 꿈인지 생시인지 알 수가 없었다.

검은 머리에 이색적인 생김새. 현상수배지를 통해 이미 눈에 익은 모습이었다. 이렇게 독특한 특징이 있는데 잘못 볼 가능성은 없었다.

하지만 데카스는 이내 정신을 차리고 집무실에 쳐들어온 놈들을 훑어보았다.

아직 젊은 소년소녀들이 셋에 머리에 피도 안 마른 소녀가 한 명.

수인족이 한 명 섞여있었지만 데카스는 본인의 실력을 과신하고 있었다. 무엇보다 이곳은 데카스의 성이었다. 그 휘하의 기사들도 있었고 강력한 위력을 발휘하는 마법사단도 상주하고 있었다.

고작 네 명밖에 되지 않는 침입자에 겁을 먹을 데카스가 아니었다.

"너희들은 누구냐? 이봐라! 거 아무도 없느냐!"

데카스는 소리를 질렀지만 돌아오는 대답은 없었다. 이미 영주성에 거주하는 병력은 시우 일행에게 완전히 제압당한 지 오래였다.

"아무리 불러봐야 돌아올 대답은 없다."

데카스는 그제야 위기감을 느끼고 눈살을 찌푸렸다. 자리에서 주춤주춤 일어나 오른손을 검에 대고 언제든 무기를 뽑을 수 있도록 준비했다.

그러나 그 순간 뒤에서 누군가 옆구리를 찔러왔다.

데카스는 화들짝 놀랐다. 다시 앞을 훑어보니 어린 모습에 신경조차 쓰지 않았던 은발의 소녀가 보이지 않았다.

에리카가 기척을 감추고 데카스의 배후로 돌아갔던 것이다.

데카스는 마른 침을 삼키며 옆구리를 찌르고 있는 소녀의 손을 보았다. 그 손에선 은빛 아우라가 넘실거리고 있었다. 만약 데카스가 검을 뽑으려 한다면 그것을 휘두르기도 전에 옆구리에 주먹만한 바람구멍이 뚫릴 것이 틀림없었다.

실력을 자부하던 데카스에겐 충격적인 일이었지만 여기서 반항을 해봐야 데카스가 얻을 수 있는 이득은 없었다.

데카스는 저항을 포기하고 두 손을 들며 항복을 표시했다.

그런 데카스의 모습에 에리카가 데카스의 허리에서 검을 칼집 채 풀어 무장을 해제시켰다.

"도대체 너희는 누구지? 너희가 지금 무슨 일을 벌이는지 알고나 있는 거냐?"

"우리가 뭘 어쨌는데?"

"이곳은 알덴브룩 제국이 점령한 알덴브룩 제국의 땅이다. 그런 곳에서 이런 일을 벌이고도 무사할 것 같으냐?"

데카스는 시우를 위협했지만 시우는 눈 하나 꼼짝하지 않았다. 오히려 자신을 위협하는 데카스의 발언을 비웃어주었다.

"그러는 너는 지금 네가 무슨 말을 하는지 아느냐?"

"무슨?"

"우리가 이곳에 들어오는 것은 아무도 보지 못했다. 그럼 우리가 알덴브룩 제국의 추적을 피하려면 우리의 얼굴을 본 네놈을 살인멸구 해야겠구나?"

시우는 말을 하면서 지금도 시우의 집에서 자고 있을

두 명의 병사를 떠올렸지만 살인멸구를 각오하면 하지 못할 것도 없었다.

물론 이 세상이 게임이 아니라는 것을 알게 된 후로는 살인 행위를 되도록 피하고 싶다는 것이 본심이었지만 그렇다고 죽이지 못한다는 이야기는 아니었다.

의도한 것은 아니었지만 시우는 이미 3명이나 되는 사람을 죽여 본 경험이 있었으니까.

시우의 말에 데카스는 움찔했다.

데카스도 실력이 뛰어난 기사로서 시우의 안광에 스치는 살심을 포착했기 때문이었다. 놈은 단순히 말로만 위협을 하는 것이 아니었다. 진심으로 살인멸구를 고려하고 있었다.

데카스의 기가 한풀 꺾였다.

"…원하는 것이 있다면 최대한 협력하겠다. 목숨만은 살려다오."

시우는 입을 열지 않으면 고문을 해볼까 생각하고 있었지만 의외로 협력적으로 나오는 데카스의 모습에 웃음을 감출 수 없었다.

고문을 통해서도 입을 열 수 없는 충성적인 기사와 같은 것은 역시 소설에서밖에 볼 수 없는 허구적인 존재라는 생각이 들었기 때문이었다.

물론 적 국가에 침투하는 첩자의 경우 고문에 견디는

훈련을 하긴 하겠지만 그것은 첩자의 경우였고, 아무리 충성심이 흘러넘치는 기사라 해도 일반적인 사고방식을 가진 사람이 고문의 공포를 이겨내기란 쉽지 않은 일이겠지.

시우는 놈의 이름, 나이, 직책 따위를 물어보았다. 딱히 숨길일은 아닌지라 데카스는 어렵지 않게 대답했다. 그러나 시우의 입에서 수아제트의 이름이 나오자 역시 데카스라도 말문이 막히지 않을 수 없었다.

"드래곤 수아제트, 놈은 어디에 있지?"

"…어째서 수아제트님의 위치를?"

"네가 그걸 알아서 무엇 하게? 우리가 수아제트를 사냥하든 무얼 하든 입을 열지 않으면 넌 이 자리에서 죽을 뿐이야. 반면에 수아제트의 위치만 알려준다면 너는 즉시 해방이다. 외성벽에 경계를 서던 마법병기 한 기가 부서졌지만 아무도 죽은 사람은 없고, 너는 아무 일도 없었다는 듯이 침입을 허용한 수하들에게 책임을 묻고 계속해서 서류나 결재하면 될 일이야."

시우의 말에 데카스는 복잡한 표정을 지었다.

먼저 가장 큰 문제는 데카스는 수아제트의 위치를 모른다는 사실이었다.

데카스가 전쟁에서 공로를 인정받은 것은 사실이지만 전략적인 공로 따위가 아니라 제페스 함락 사실과 무위를 인정받은 것일 뿐이었다. 일개 기사단장이었던 데카스도 알덴브룩 제국의 최중요 군사기밀에 해당하는 드래곤의 위치에 대해선 아는 것이 없었다.

아니, 데카스가 생각하기에 황제 폐하라고 해도 그들의 위치를 파악하는 사람이 있을까 싶었다.

하지만 모른다는 대답은 할 수가 없었다. 어차피 모른다고 대답해야 믿어주지 않을 테니까. 신나게 고문이나 당하다가 목숨을 잃고 버려지는 것이 결과겠지. 믿어주더라도 곤란하긴 마찬가지였다. 완벽하게 제압당한 그가 아직까지 살아있는 것은 저들에게 알고 싶은 것이 있기 때문이었으니까.

데카스가 수아제트의 위치를 모른다는 사실이 발각되면 데카스의 이용가치는 사라지고 저들이 데카스를 살려둘 이유도 사라지게 된다.

데카스는 열심히 머리를 굴렸다.

이제 겨우 귀족이 되었다. 세습을 할 수 없는 조작위에서 벗어나 작위의 세습이 가능한 랑작위가 되었다. 나이 마흔이 넘도록 적당한 짝도 없는 데카스는 이제야 겨우 한숨을 돌리고 알맞은 짝을 구해 영지에서 떵떵거리며 살아보자고 마음을 정리하고 있었다.

이렇게 허무하게 죽을 수는 없었다.

"…수아제트님을 사냥하는 것이 너희의 목적이냐?"

"그걸 알아서 무엇 하게? 너는 그냥 물어본 것에만 대답하면 된다고."

시우의 표정이 냉랭해졌다.

확신은 할 수 없지만 데카스는 직감했다. 이들은 첩자 같은 것이 아니라 개인적인 원한으로 수아제트를 찾고 있다고. 게다가 놀랍게도 그 목적은 수아제트를 사냥하는 것.

동면중이 아닌 드래곤을 사냥하겠다니 데카스는 어처구니가 없었지만 지금은 이것만이 데카스가 기대할 수 있는 유일한 구명줄이었다.

"아쉽지만 나는 수아제트님이 어디에 있는지 모른다."

데카스의 대답에 시우의 눈빛이 험악해졌다. 고문 혹은 살인멸구를 고려하는 자의 눈빛.

데카스는 서둘러 다음 말을 이어갔다.

"잠깐 기다려보라고. 수아제트님이 어디에 있는지는 모르지만 수아제트님을 이곳에 불러올 수는 있다."

"뭐? 네가 뭔데 드래곤에게 오라 가라 할 수 있다는 거야?"

시우의 질문은 당연한 것이었다. 알덴브룩 제국의 황제 폐하조차도 드래곤에게는 함부로 대할 수 없는데 큰 도시라고는 하지만 고작 하나의 영지를 다스리는 랑작위의 영주 따위가 드래곤을 오라 가라 할 수는 없는 법이니까.

데카스는 이 사실을 알려야 하나 말아야 하나 한참을 고민한 뒤에야 입을 열었다.

"너의 목에 수아제트님께서 직접 현상금을 걸어놓으셨다. 만약 네가 이곳에 있다는 사실을 수아제트님께 알린다면 직접 찾아오실 테지. 그렇지 않은가?"

데카스는 조마조마 하는 마음으로 시우의 안색을 살폈다.

시우는 헛웃음을 흘리고 있었다. 수아제트가 자신에게 현상금을 걸었다는 사실이 우습고 어처구니가 없다는 표정이었다.

"그것을 증명할 수는 있어?"

데카스는 자신의 가슴팍을 툭툭 두드렸다. 품속에 현상수배지가 있다는 의미였고 시우는 허튼 수작은 부릴 생각도 말라고 경고하며 꺼내보라고 지시했다.

시우는 데카스의 가슴팍에서 나온 현상수배지를 건네받고 그것을 확인해 볼 수 있었다.

마법을 이용해 그림을 각인했는지 현상수배지에 그려진 시우는 제법 정교했다. 시우는 그 사진에 한 번 감탄하고 이내 수배지의 내용에 허탈한 웃음을 터트렸다.

"뭐? 죄목이 방화, 강간, 폭행, 강도, 살인……. 이게 무슨 헛소리야?"

차라리 죄목이 불법침입, 강도, 살인미수라면 시우도 고개를 끄덕여주었을 것이다. 사실을 따지면 시우는 드래곤 사냥꾼들과 작당하여 하늘의 기둥에 침입하였고, 그 안의 마석들을 훔쳤으며 수아제트를 죽이려 했으나 실패했으니까.

물론 드래곤 사냥꾼들에게는 영지를 위협하는 위험분자를 제거하겠다는 명분이 있었지만 따지고 보면 욕심에 눈이 멀어 쳐들어간 것이 사실이니까.

그러나 현상수배지에 있는 죄목들은 그야말로 말도 되지 않는 것들이었다.

현상수배를 하게 될 경우 붙이는 흉악한 범죄라는 범죄는 죄다 갖다 붙여 놓았으니 당사자인 시우로선 황당하기 그지없었다.

또한 놀라운 사실은 현상금이 무려 수아제트 본인의 드래곤 하트라는 점이었다.

생포할 시, 100년 드래곤 하트.

사살 시, 50년 드래곤 하트.

앞에 달린 숫자는 드래곤 하트의 크기를 말하는 것으로 50년 드래곤 하트면 드래곤이 50년간 축적한 마력이 담긴 드래곤 하트를 이르는 말이었다.

드래곤은 동면중에는 평소의 6배에 해당하는 속도로 마력을 축적한다고 하니 역산을 해보면 1년에 2,000마력 가량이 축적된다는 것을 확인할 수 있었다.

즉, 50년 드래곤 하트는 10만 포인트의 마력이 축적된 드래곤 하트라고 볼 수 있었다. 그것을 쪼개어 남에게 줄 경우 다시 원래 상태까지 회복하기 위해서 50년의 세월이 필요할 텐데 그런 것을 현상금으로 내걸다니.

수아제트의 원한이 골수에 사무쳤다는 것을 느낄 수 있었다.

그러나 수아제트가 시우를 찾기 위해 이런 짓까지 할 정도라면 시우의 목격 정보를 보고하면 데카스의 말마따나 수아제트가 직접 제페스를 찾아올 수도 있다는 생각이 들었다.

✚

드래곤 수아제트는 새로 짓기 시작한 하늘의 기둥에서 지내고 있었다.

수아제트는 스스로 성룡이라 밝힌 베네모스인가 하는 드래곤을 떠올렸다.

인간 놈들의 침입으로 속였던 나이가 발각되고 수아제트는 인간들의 발길이 닿지 않는 험지로 이동해 새로운 탑을 세우려고 작정했었다. 마음 같아서는 체슈인가 하는 바퀴벌레 같은 놈을 찾아가 찢어 죽여 버리고 싶은 마음이 간절했지만 어디에 있는지 알 수도 없고 그렇다 고 인간들의 도시를 찾아가 깽판을 부릴 수도 없었다.

물론 수아제트와는 달리 아무런 거침도 없이 인간들 의 도시를 무너트리고 나라를 박살내는 생각 없는 드래 곤도 존재했지만 수아제트는 이번 사건을 계기로 인간 이라는 놈들에 대해 경각심을 품고 있었다.

괜히 깽판을 부렸다가 인간들이 복수랍시고 자신을 사냥하기 위한 조직을 설립하면 곤란했다. 인간들의 책 을 즐겨 읽는 수아제트는 드래곤 티어에서 부화한 드래 곤을 길들여 타고 다니는 용기사나 드래곤 하트를 이용 해 만든 전략병기 등이 존재한다는 사실을 잘 알기 때문 이었다.

그런 때에 찾아온 것이 바로 그 베네모스였다.

처음 수아제트는 베네모스의 등장에 크게 경각심을 품었다.

드래곤들은 스스로의 능력에 자부심을 가지고 있는 만큼 동족인 드래곤의 존재를 무척 경계한다. 태어나는 순간 부모라고 할 수 있는 보호자는 존재하지 않았고 홀 로 자라거나, 인간들의 손에 길들여 자라나는 드래곤들 의 사회는 무척 폐쇄적이기 때문이었다.

게다가 드래곤은 반신으로 경외되는 생물. 반신을 위협할 수 있는 존재는 같은 반신인 드래곤밖에 없으므로 드래곤에게는 서로가 서로를 위협하는 존재로밖에 인식이 되지 않았기 때문이었다.

그런 이유에서 자신보다 덩치가 큰 베네모스는 어떻게 보아도 자신보다 오랜 세월을 살아온 천적과도 같은 존재였다.

체슈의 공격에 눈알을 잃은 수아제트도 새로운 탑을 세우면서 자신보다 나약한 드래곤을 사냥해서 여분의 드래곤 하트를 마련할까 고민하던 와중이었기 때문에 수아제트는 상대도 그러한 생각으로 찾아온 것은 아닐지 경계를 할 수밖에 없었다.

그러나 베네모스라는 드래곤은 수아제트에게 아무런 위협도 끼치지 않았다. 오히려 수아제트가 인간들에게 느끼는 분노를 배려하고 그 복수를 도와주겠다며 스스로의 계획에 대해서 설파를 해댔다.

처음 베네모스의 저의를 알 수 없었던 수아제트는 단박에 거절을 표했지만 베네모스는 그 후로도 꾸준히 수아제트를 찾아와 회유를 계속했다.

심지어는 짓던 탑도 포기하고 장소를 이동했지만 베네모스에겐 아무런 소용도 없었다. 놈은 어처구니없게도 신의 사자로 발탁되어 수아제트와 같이 자신의 계획

에 도움이 될 드래곤들의 위치를 파악할 수 있는 능력이
있었기 때문이었다.

수아제트는 천천히 베네모스의 말에 넘어갔다.

베네모스에게 수아제트를 해칠 의도가 없다는 것은
충분히 파악할 수 있었다. 만약 베네모스에게 그럴 마음
이 있었다면 수아제트는 멀쩡할 수 없었을 테니까.

베네모스가 설파한 최종 목표에 대해서는 회의감이
들었지만 인간들의 터전을 짓밟고 마음껏 부숴도 된다
는 베네모스의 말은 수아제트의 마음을 계속해서 흔들
었다.

결국 베네모스의 말에 회유된 수아제트는 두 번째로
짓던 탑도 포기하고 이번에야 말로 아무도 찾아올 수 없
는 험지에 하늘의 기둥을 짓고 있었다.

물론 베네모스가 마음만 먹으면 간단히 찾겠지만 그
거야 어쩔 수 없는 문제였고.

수아제트는 체슈의 모국으로 예상되는 임펠스 왕국의
수도를 마음껏 짓밟고 베네모스의 도움을 받아 체슈를
현상수배까지 했다.

체슈라는 놈은 바퀴벌레 같은 놈이므로 분명 이 전쟁
통에서도 살아남아 빨빨거리며 기어 다니고 있을 것이
분명했기 때문이었다.

"〈인간 한 놈을 죽이기 위해서 드래곤 하트를 내걸다

니 이해하기 힘들군.〉"

수아제트와 비슷한 방식으로 베네모스에게 회유된 하얀 비늘의 드래곤, 아이시크가 하는 말에 수아제트는 고개를 저었다.

놈은 또 어떻게 수아제트의 탑을 찾았는지 제집처럼 찾아와 눌러앉아 있었다.

"〈대장이 같은 목표를 가진 동료와는 친해질 필요가 있다며 이곳을 알려주더군.〉"

수아제트는 마음 깊이 우러나오는 짜증에 고개를 저었다.

무엇이 대장이냐.

무엇이 동료냐.

이미 베네모스에게 마음까지 빼앗긴 아이시크라는 드래곤을 수아제트는 이해할 수 없었다. 그럼에도 불구하고 말 한 마디 할 수 없는 것은 놈이 수아제트보다 오랫동안 살아온 드래곤이기 때문이었다.

드래곤에게 있어 오랫동안 살아남았다는 말은 즉 더욱 강하다는 의미였으므로 네 번째 동면을 마친 아이시크와 수아제트의 사이에는 측량할 수 없는 역량의 차이가 있었다.

"〈같은 목표라니 당신은 그 헛소리를 믿는단 말이오?〉"

참다 참다 못해 입을 연 수아제트의 말에 아이시크도 피식 웃음을 터트렸다.

"〈인간들의 사회를 파괴하고 드래곤들의 사회를 구축한다. 그리고 대장은 드래곤을 위한 신세계의 왕이 된다. 확실히 터무니없는 이야기이긴 하다만 그렇다고 불가능하다고 할 수도 없지. 애초에 너도 대장의 말에 넘어갔으니 이 계획에 협력하는 것이 아니었나?〉"

아이시크의 의문에 수아제트는 고개를 저었다.

그는 그저 인간들에게 복수를 할 수 있었기에 합류한 것이지 그런 원대한 계획에는 아무런 관심이 없었다.

그러나 그런 속마음을 꺼내 괜히 아이시크를 자극하고 싶은 생각도 없었다.

수아제트는 입을 꾹 다물었다.

그 순간 수아제트의 뇌리로 경종이 울렸다.

알람마법? 아니 이것은…….

"〈통신마법?〉"

체슈에게 현상수배를 걸면서 필요할 때에만 연락을 하라고 인간들에게 넘겨주었던 마법도구였다.

수아제트는 반가운 마음을 간신히 숨기며 입을 열었다.

"〈누구냐.〉"

수아제트의 전방에 마법으로 이루어진 화면이 떠오르

며 한 명의 인간이 비춰졌다.

"제페스를 다스리는 랑작, 프히트 데카스입니다."

놈은 크게 심호흡을 하더니 다시 입을 열었다.

"현상수배범 체슈의 목격 정보를 보고합니다."

수아제트의 입가가 미소로 뒤틀어졌다.

Respawn

NEO FUSION FANTASY STORY & ADVENTURE

25장.

드래곤 사냥

Respawn

드래곤 사냥

리스폰

　흑백의 대비된 비늘 색을 가진 드래곤이 제페스에 나타난 것은 제페스의 새 영주가 된 랑작 데카스가 체슈의 목격 정보를 보고하고 5시간이 지난 후의 일이었다.

　바람의 정령을 동원해 제페스에 루리나 로이가 없는지 수색을 하고 있던 시우는 수색이 끝나자마자 데카스를 기절시키고 확실한 처리를 위해 수면 마법까지 걸어둔 뒤 제페스에서 벗어난 상태였다.

　가장 좋은 일은 제페스에 수아제트가 혼자 나타나는 것이지만 드래곤들이 연합을 이루었다는 이야기를 들었을 때부터 시우는 한 가지 조바심을 느끼고 있었다.

　그것은 수아제트가 앞으로 단독 행동을 하지 않을 가

능성에 대한 불안이었다.

제페스 바깥, 숲 속에서 기척을 숨긴 채 그것을 지켜보던 시우는 불안이 현실이 되자 안타까움을 금할 길이 없었다.

상대가 수아제트 혼자라면 조금은 가능성이 있었지만 수아제트는 동행을 데리고 등장했던 것이다.

하얀 비늘, 수아제트보다 목과 꼬리가 길어 유려한 몸매를 자랑했다. 20미터는 더 큰 신장을 보아서 병사에게 들었던 아이시크인가 하는 드래곤인 모양이었다.

아이시크는 불만 가득한 눈빛으로 수아제트를 바라보았다.

"〈젠장. 그 놈의 인간 하나가 얼마나 위험하다고 그 좋은 공간이동 마법을 두고 날개로 날아와야 하지?〉"

"〈인간을 얕보지 마시오. 놈을 상대하는데 있어 만전을 기하지 않으면 큰 코 다칠 거요.〉"

수아제트는 이미 수차례나 놈의 위험성에 대해 경고했지만 아이시크는 그런 수아제트의 경고를 들은 체도 하지 않았다.

물론 공간이동 마법은 드래곤에게도 부담스러운 마법이었다. 특히 장거리 공간이동 마법은 적어도 150살을 넘긴 드래곤만이 제한적으로 사용할 수 있는 마법이었다.

장거리 공간이동 마법에 소모되는 마력량은 200년 드 래곤 마력, 즉 40만 마력 포인트가 넘어가는 양이었다.

동면기를 세 번 넘긴 수아제트의 최대 마력량은 99만 포인트로 거의 절반에 해당하는 양이니 당연히 부담이 되지 않을 수 없었다.

아이시크는 드래곤이 둘이나 출동하는데 마력을 아낀 다는 개념을 이해할 수가 없었다. 아무리 장거리 공간이 동 마법으로 마력을 소모한다 하더라도 수아제트와 아 이시크를 모두 상대하려면 드래곤 하트로 만든 전략무 기를 가진 용기사가 둘 이상 출동해야 할 테니까.

아이시크는 혹시나 체슈라는 인간이 용기사인지 수아 제트에게 물어보았지만 그것은 또 아니라니 무려 5시간 이나 날아온 수고에 짜증이 이만저만이 아니었다.

그런 아이시크를 더 짜증나게 하는 사실은 이렇게 고 생해서 날아온 것이 헛수고가 되었다는 사실이었다.

참고 참으며 죽어라 날갯짓을 해서 날아왔는데 기껏 한다는 소리가 침입자에게 당해 보고를 올렸던 영주가 기절했다는 소리이니 아이시크는 폭주하기 일보 직전의 상황이었다.

수아제트는 내심 혀를 찼다. 애초에 아이시크의 존재 가 도움이 될 거라는 생각으로 그를 부추긴 것은 수아제 트였지만 그럴 거면서 왜 따라왔나 싶었기 때문이었다.

"〈기절했다는 이곳의 영주를 데려와 보거라.〉"

수아제트가 명령하자 영지를 수색하고 돌아와 대기하고 있던 데카스 휘하의 기사들은 드래곤의 심기를 건드리지 않으려고 재빠른 동작으로 데카스를 옮겨왔다.

그것을 본 두 드래곤은 이채를 띠었다.

데카스가 쓰러진 것은 단순한 기절이 아니라 수면 마법에 의해 잠들어 있다는 사실을 깨달았기 때문이었다.

수아제트는 데카스에게 의식 회복 마법을 걸었다.

"커허억!"

데카스는 강제로 잠에서 깨어 거친 숨을 몰아쉬었다.

"수, 수아제트님. 아이시크님."

"〈어떻게 된 일인지 설명해보라.〉"

수아제트의 채근에 데카스는 떠듬떠듬 말을 늘어놓았다.

데카스의 입을 통해 정황을 모두 들은 수아제트는 눈살을 찌푸리고 아이시크는 어느새 기분이 풀렸는지 킥킥 웃음을 흘리고 있었다.

"〈놈이 널 아주 호구로 생각한 모양이군. 함정이라니. 너 혼자라면 충분히 상대가 가능할 거라고 생각한 것인가?〉"

아이시크의 말에 수아제트는 자존심이 크게 상했다.

수아제트가 시우에게 크게 경각심을 가지고 있는 것

은 사실이었다. 그의 주특기인 정신 마법이 제대로 통하질 않고 마법도 아닌 것이 기묘한 효력을 발휘하는 이상한 기술들을 사용하기 때문이었다.

그러나 그것은 체슈를 모를 때의 이야기였다.

정신 마법이 통하지 않는다는 사실을 깨달았으니 거기에 마력을 소모하지 않는다면 아무리 놈이 바퀴벌레 같은 생명력을 가지고 있다고 한들 결국은 지치고 죽게될 것이 뻔했으니까.

같은 드래곤인 아이시크에게 비웃음을 당하자 체슈를 향한 수아제트의 경각심이 무너졌다. 그리고 그 자리를 채운 것은 수치심과 분노였다.

"〈감히 바퀴벌레 같은 놈이.〉"

수아제트가 갑자기 날갯짓을 하여 날아오르자 아이시크도 재밌어하며 그 뒤를 따라 날아올랐다.

"〈어쩌려고?〉"

"〈이것이 함정이라고 한다면 분면 놈은 가까운 곳에서 우릴 지켜보고 있을 것이오.〉"

"〈그렇겠지.〉"

"〈놈의 동족들을 인질로 놈을 불러들일 생각이오. 만약 모습을 드러내도 우리가 힘을 합친다면 놈은 필사할 운명이고, 나오지 않는다고 해도 동족들이 죽어나가는 모습을 지켜보아야만 한다는 절망을 안겨줄 수 있겠지.〉"

아이시크는 수아제트의 말에 재미있다는 표정을 짓다가 잠깐 고개를 갸웃거렸다.

"〈놈의 동족이라고? 그럼 이곳을 파괴하겠다는 소리야? 여긴 알덴브룩 제국이 점령한 땅이 아니었나? 허락 없이 파괴하면 대장이 잔소리를 할 텐데?〉"

아이시크의 만류에 수아제트는 살기로 번들거리는 한쪽 눈을 부라렸다.

"〈어차피 베네모스의 목적은 인간사회를 파괴하고 드래곤들의 국가를 세우는 것이 아니었소? 어차피 파괴할 곳이라면 조금 일찍 파괴한다고 문제될 것은 없겠지. 게다가 나는 내 복수를 도와주겠다는 베네모스의 말을 믿고 이 우스운 계획에 합류한 것이오. 내 복수를 방해하겠다면 뜻을 같이할 이유가 없다는 소리지.〉"

그것은 굉장히 도발적인 말이었다.

듣기에 따라서는 방해하면 너라도 가만두지 않겠다고 받아들일 수 있는 말.

수아제트보다 강할 것이 틀림없는 아이시크에게 할 말은 아니었다.

그만큼 수아제트는 평상심을 잃고 있었다. 말을 마치고 수아제트는 잠시 후회했지만 아이시크는 별로 감정이 상하진 않은 모양이었다.

"〈좋아. 마음에 들었어. 안 그래도 심심하던 차였는데 잘 됐군.〉"

아이시크는 그 즉시 마법을 부려 영주성부터 꽁꽁 얼려버렸다. 그 마법이 얼마나 대단한지 거대한 영주성이 통째로 얼음에 갇혀버렸다.

그런 아이시크의 행동력에 고개를 저은 수아제트가 마력을 높여 외쳤다.

"〈어리석은 인간들은 들어라. 너희들은 이제부터 제페스를 나가지 못한다. 그 이유는 감히 주제넘게도 나 수아제트를 꾀어내 드래곤 사냥을 계획한 인간이 있기 때문이다. 나와 내 동료 아이시크는 지금부터 제페스의 인간들을 차례차례 죽일 것이다. 너희들이 살 수 있는 유일한 방법은 나를 죽이려 계획한 인간을 찾아 바치는 것이다.〉"

수아제트가 마력을 끌어올리자 그것이 빛의 속성을 띠고 거대한 이미지로 화했다. 마력으로 빛을 밝히며 거기에 색을 입혀 허공에 상을 맺은 것이었다.

그것은 정확히 3개월 전의 시우의 모습이었다.

지난 3개월간 머리도 길고 키도 조금 컸기 때문에 약간의 차이는 있었지만 검은 머리와 황색 피부는 이곳에서 쉽게 볼 수 없는 용모였기에 쉽게 구분할 수 있을 것 같았다.

"〈이것이 바로 나를 죽이려고 계획을 짠 인간의 모습

이다. 이름은 체슈, 놈을 나에게 가져다 바친다면 너희
의 목숨을 살려줄뿐더러 놈에게 걸어둔 현상금, 100년
드래곤 하트를 하사할 것이다.〉"

수아제트는 그 즉시 화염 마법을 일으켜 제페스에 쏟
았다.

콰과광.

꺄아아악!

영지 곳곳에서 폭발음과 비명 소리가 터져 나왔다.

"〈찾아라! 그리하면 살 것이니.〉"

수아제트는 외쳤지만 그의 말을 따라 시우를 찾아다
니는 영지민은 전무했다. 모두가 하나같이 사방으로 흩
어지며 도망가기 바빴다.

수아제트는 영지를 빠져나가는 인간들을 골라가며 태
워 죽였다.

수아제트와 아이시크를 막아설 수 있는 존재는 없었
다.

제페스 군사력의 대부분을 차지하는 기사단과 마법사
단은 아이시크가 처음 발휘한 마법으로 인해 영주성과
함께 얼음덩이가 되어버렸다.

탈출하려는 영지민들이 최우선적으로 죽어나가자 그
것을 지켜본 사람들은 탈출을 포기했다. 그 자리에 주저
앉아 죽음의 순간을 기다리는 사람도 있었고 그제야 제

정신을 차리고 시우를 찾아다니는 영지민도 있었다.

그러나 그러거나 말거나 수아제트는 아무런 구분도 없이 영지민들을 죽여 나갔다. 사실 영지민들이 시우를 찾을 것이란 기대는 전혀 하지 않았기 때문이었다.

그것을 먼 숲에서 지켜보던 시우가 이를 갈았다.

시우는 놈의 메시지를 해독할 수 있었다.

'이들을 살리고 싶다면 알아서 나타나라.'

하지만 시우는 움직일 수 없었다.

지금 나가면 시우는 죽는다. 아마 시우의 뒤를 따라올 소라나 리나, 에리카도 죽을 것이다. 말로 말려봐야 소용이 없겠지. 시우의 일행들은 그런 사람들이었다.

"어쩌냐?"

안색이 파리해진 리나의 질문에 시우는 잠시 고민한 뒤에 아이템창에서 최상급 마석을 꺼냈다.

마석으로 마법도구를 만드는 법을 대충 배우긴 했는데 지금 시우가 만드는 마법도구는 시우의 능력을 약간 상회하는 물건이었다.

최대한 빨리 만들기 위해 스스로 재촉하면서도 한 치의 실수도 허락하지 않으며 정교한 작업을 이어나갔다. 조금이라도 더 빨리 이것을 완성해야 더 많은 사람들을 살릴 수 있었다.

시우는 그것을 만들면서 리카에게 물었다.

"너와 같은 속도로 날 수 있는 정령을 만들려면 원력이 얼마나 필요해?"

"아마 주인님이 가진 원력의 반절은 필요할 거예요."

즉 원력이 100포인트 가량 필요하다는 소리였다.

그것을 다시 회복하려면 17분의 시간이 필요했다.

"지금 바로 만들어."

시우의 말에 리카는 시우의 몸에서 원력을 끌어 모아 바람의 정령을 만들었다. 그 와중에도 시우는 마법도구를 만드는 손을 쉬지 않았다.

그렇게 10분이 지나서 시우는 마법도구를 완성했다.

그것은 실존하는 상을 복사해 똑같은 모양의 허상을 만들어내는 마법도구였다.

시우는 소라와 에리카 그리고 리나와 함께 서서 마법도구에 상을 입력하고 마법도구를 발동해보았다.

다행히도 마법도구는 정상적으로 작동했다.

시우는 그것을 리카가 만들어낸 바람의 정령에게 넘겨준 뒤 작동하며 드래곤들에게 모습을 드러냈다.

혹시 모를 공격에 대비해 충분한 거리를 확보하고 음성을 확대하여 소리쳤다.

"나는 여기 있다! 비만 도마뱀들아!"

시우의 목소리에 두 드래곤의 마법이 멎었다. 그리고 천천히 시우를 돌아보았다.

무려 5킬로미터 이상 떨어진 거리에서도 수아제트의 외눈이 살기로 번들거리는 것을 느낄 수 있었다. 등골을 타고 전율이 흘렀지만 시우는 도발을 멈추지 않았다.

"야, 애꾸눈! 왜? 겁이 나서 못 오겠냐?"

시우의 도발에 수아제트의 마력이 들끓기 시작했다.

파괴 마법의 주문을 외고 있는 것이 틀림없었다.

시우는 그것을 직감하자마자 바로 바람의 정령과 리카에게 명령했다.

바람의 정령은 시우가 만든 마석을 싣고 남쪽으로, 리카는 진짜 시우 일행을 싣고 북쪽으로 도망치라고.

수아제트와 아이시크를 분단시키려는 속셈이었다.

그러나 드래곤들이 마석으로 만들어진 허상과 진짜를 구분하지 못할 리가 없었다. 문제는 시우가 가진 마법사의 기척과 마석이 뿜어내는 인위적인 마력.

시우는 자신의 체내에서 회전하는 마력을 멈췄다.

드래곤 조차도 시우의 마력을 탐지할 수 없을 만큼 뛰어난 통제력이었다. 그러나 그것만으로는 드래곤을 속일 수 없었다.

시우는 최상급 마석에 저장된 마력량, 5,000포인트만 인위적으로 회전시키며 드래곤들의 감각을 속이기 시작했다.

체내의 마력을 작위적으로 통제하여 마석이 뿜어내는
기척을 똑같이 따라하는 것이었다.

　그러자 수아제트도 아이시크도 어느 쪽이 허상이고
어느 쪽이 진상인지 구분을 할 수 없었다. 그것이 의미
하는 것은 시우의 통제력이 드래곤들의 감지 능력을 뛰
어넘었다는 의미이므로 아이시크도 시우를 인정하지 않
을 수 없었다.

　"〈어쩔까?〉"

　아이시크의 질문에 수아제트는 즉답했다.

　"〈흩어진다.〉"

　어쩌면 이것은 체슈를 죽일 수 있는 유일한 기회였다.
이번 기회를 놓치면 앞으로 다시는 체슈를 찾아볼 수 없
을지도 몰랐다. 그런 조바심에 빠진 수아제트는 어쩔 수
없이 체슈의 속셈에 넘어가 흩어져서 추적한다는 선택
을 할 수밖에 없었다.

　반쯤은 도박하는 기분으로 드래곤들이 흩어져 주기를
바랐던 시우에게는 천만 다행인 일이 아닐 수 없었다.

　시우는 바람의 정령을 만들면서 소모한 원력이 얼마
나 회복되었나 확인해 보았다.

　원력 (185/223)

이대로 6분정도만 더 도망갈 수 있다면 원력을 모두 회복할 수 있을 것 같았다.

리카와 바람의 정령은 음속에 가까운 속도로 날고 있었고 아무리 드래곤의 비행속도가 빠르다 하나 날아서는 리카를 추월할 수가 없었다.

그러나 마력 소모를 최소화하기 위해 우직하게 바람의 정령의 뒤를 따라 날갯짓을 하는 수아제트와 다르게 아이시크는 신경질을 부리며 공간이동 마법을 사용했다.

장거리 공간이동보다는 마력소모가 적지만 단거리 공간이동도 제법 많은 마력을 소모했다.

시우는 갑자기 환한 빛이 터져 나오며 전방에 나타난 아이시크를 보고 중얼거렸다.

"꽝이네."

그리고 아이시크가 씨익 미소 지었다.

"〈당첨이군.〉"

부디 드래곤들이 흩어져 준다면 수아제트가 따라와 주기를 바랐던 시우는 일이 생각처럼 돌아가 주지 않자 그럼 그렇지 하며 한숨을 내쉬었다.

왼쪽 눈을 가려 아이시크를 타겟팅해 보았다.

드래곤 아이시크 Lv.601

몸무게 16.8톤. 신장 47.4미터. 긴 목과 긴 꼬리를 가진 완성된 체형을 가진 421살의 드래곤. 하얀 비늘을 가진 아이시크는 동결 마법에 뛰어난 조예를 가지고 있다. 거대한 영주성을 빙결 마법으로 얼려버리는 물리적인 동결은 물론, 제한적으로 영혼과 시간마저 멈추게 만드는 초월적 동결 마법마저 소유하고 있다. 성룡 베네모스를 대장으로 모시며 인간 사회를 파괴하고 드래곤을 위한 왕국을 건설하겠다는 원대한 계획에 동참하고 있다.

생명력 (16,797/16,797)
마력 (1,104,132/1,300,552)

시우는 아이시크의 설명문을 읽고 고개를 내저었다.

레벨이 601에 영혼과 시간을 멈추는 초월적 동결 마법이 가능하다는 이야기는 시우로 하여금 질색을 느끼게 만들기에 적합했다.

드래곤들이 반신이라 불리는 이유가 바로 이것이다.

방대한 수명을 통해 얻는 막대한 마력량을 통해 마법이라는 이름으로 신의 권능에 도전한다.

수아제트의 악몽 마법이나 아이시크의 시간 동결 마법은 이름만 마법일 뿐이지 신의 권능에 비해 손색이 없는 능력들이었다.

아무리 무력적으로 뛰어나도 수아제트의 정신 마법이나 시간이 동결된 공간 안에서 자유롭게 움직이는 아이시크를 어떻게 상대한단 말인가.

방법이 있다면 드래곤이 특기 마법을 펼치기도 전에 죽이거나 주문을 외우는 도중에 드래곤의 마력에 비견되는 막대한 마력으로 몰아붙여 마법을 상쇄하는 수밖에는 없었다.

즉, 동면중이 아닌 드래곤을 사냥하는데 있어 필요불가결한 물건이 바로 드래곤 하트라는 이야기였다.

시우는 드래곤 하트가 없었지만 가능성은 있다고 생각했다. 드래곤의 능력에 잠시 기가 죽은 것은 사실이지만 시우도 그러한 드래곤들의 마법에 대항할 힘은 가지고 있었다.

그것보다도 시우의 신경을 끄는 설명문은 드래곤 연합의 목적이었다.

"인간 사회를 파괴하고 드래곤들의 왕국을 건설?"

시우가 어처구니없다는 목소리로 말문을 열자 아이시크의 표정이 일변했다.

수아제트가 그토록 위험하다고 노래를 부르는 인간이 얼마나 강한지 기대감에 젖어 미소를 짓던 아이시크는 시우의 말을 듣고 불쾌한 표정이 되었다.

"〈네놈이 그걸 어떻게 알았지?〉"

저 계획에 대해서 아는 인물은 헤카테리아, 아니 전 세계에 있어서 단 네 명 뿐이었다.

계획의 발안자인 베네모스와 그의 계획에 동조하는 아이시크와 수아제트, 거기에 더해 파괴의 신 파일로스의 독실한 신자이며 스스로 교황임을 선포한 알덴브룩 제국의 황제.

시우는 아이시크의 질문에 아무런 대답도 하지 않았지만 아이시크는 혼자 결론을 내렸다.

"〈황제 놈이겠군.〉"

적어도 이 계획이 드래곤을 통해서 인간들에게 전해질 이유는 전무했다. 그렇다고 한다면 소거법에 의해 남는 것은 알덴브룩의 황제뿐이었다.

데모트리 드미트리스. 드래곤들의 인간 사회 파괴 계획의 협력자로서 인간들의 입장에서 보자면 배반자에 해당하는 인간. 놈은 드래곤의 계획을 모두 듣고도 거기에 협력하겠다고 나선 묘한 인간이었다.

파괴의 신인 파일로스가 베네모스를 성룡으로 내세우고 드래곤들이 연합을 이룰 것이라는 사실로 비교적 소국에 해당했던 알덴브룩의 왕은 인간의 절멸을 예견했다.

그 순간 제안한 베네모스의 계획을 드미트리스는 거절할 수 없었다.

"〈시일이 얼마나 걸리든 인간 사회는 드래곤들의 연

합에 의해 반드시 무너진다. 하지만 그것이 굳이 인간들의 종말을 의미할 필요는 없지. 나는 인간들의 능력을 높이 산다. 내가 무너트리고 싶은 것은 지금까지 인간들이 쌓아온 사회라는 시스템이지 인간 자체가 아니야. 나는 드래곤들을 위한 왕국 밑에서 일하는 인간들을 보고 싶다.〉"

즉 사회를 이루지 못할 정도로 인간들의 수는 줄이겠지만 소수는 남겨서 노예로 부리겠다는 소리였다. 그리고 드미트리스는 그렇게 살아남은 노예들을 다스리는 왕으로 남고 말이다.

"〈날 위해 일해라. 드래곤을 위해 대륙을 지배하라. 그리하면 네 업적을 인정해 파일로스 신의 교황이라는 자리는 인간들의 사회가 무너진 후에도 네 것이 될 것이다.〉"

드미트리스는 스스로의 목숨이 아까워서라도, 그리고 인간들의 존속을 위해서라도 베네모스의 제안을 받아들일 수밖에 없었다..

만약 여기서 드미트리스가 베네모스의 제안을 거절한다면 인간과 드래곤 사이를 중재할 수 있는 존재가 다시는 나타나지 않을 테니까.

그렇게 되면 그때야말로 인류의 존속 자체를 위협받게 될 것이 분명했다.

물론 파일로스 신을 믿는 신자로서 드래곤들이 인간 위에 선다고 하더라도 분명 파일로스에게 인류를 위한 계획이 있을 거라는 믿음도 드미트리스의 선택에 크게 한 몫을 하고 있었다.

파일로스의 권능을 일부 허락받은 베네모스는 그런 드미트리스의 결정을 의심하지 않았다. 하지만 베네모스를 따르는 아이시크는 그런 드미트리스의 존재가 언젠가 드래곤들의 방해가 될지도 모른다고 생각하고 있었다.

평소부터 그런 생각을 가지고 있으니 아이시크가 가장 먼저 알덴브룩의 황제를 의심하는 것은 당연한 일이었다.

아이시크는 황제가 드래곤 몰래 무언가 일을 벌이고 있을 거라는 의심의 씨앗을 싹 틔우고 이번 전투가 끝나면 즉시 황성으로 날아가 책임을 묻겠다고 다짐했다.

물론 그렇게 하려면 일단 시우를 죽여야 했지만 아이시크는 고작 인간 따위에게 당할 것이라는 생각은 전혀 하지 않았다.

선공에 나선 것은 시우였다.

이미 수아제트와 전투를 벌여본 시우는 드래곤에게 마법을 쓸 여유를 주지 않는 것이 좋다는 것을 파악하고 있었기 때문이었다.

시우가 뽑아든 리네가 세실강 특유의 발광현상으로 빛나기 시작했다.

그 위로 시우의 전력을 담은 아우라가 넘실거리며 덩치를 불렸다.

무려 10미터에 이르는 거대한 빛의 검이 생성되었다.

그것은 마치 시우의 영혼을 투영하듯 티 없이 맑은 하얀 빛을 내뿜고 있었다.

아이시크는 지금껏 본적도 없는 아우라의 크기에 조금은 경각심을 품었지만 그렇다고 긴장까지 할 정도는 아니었다.

서둘러 주문을 외워 방어막을 만들었다.

수아제트가 시우와 싸우며 만들었던 척력의 방어막과는 달랐다.

방어력 면에서는 비슷한 수준이지만 마력 소모 대비 효율 면에서 더욱 뛰어났다.

무엇보다 척력의 방어막을 펼치면 호흡에 어려움을 겪었던 문제가 이 마법엔 없었다. 그렇다고 단점이 없는 것은 아니었다.

척력의 방어막은 주문 없이 마력의 속성만 변화시키면 간단히 칠 수 있는 마법인데 반해 이것은 주문을 통해 유지되는 마법이므로 이 방어막을 펼치면 다른 마법들의 위력이 필연적으로 약해질 수밖에 없었다.

이를테면 수아제트는 척력의 방어막을 친 채로 방대한 마력을 소모하는 파괴 마법을 쓴 바가 있었지만 이 방어 주문을 펼친 채로는 파괴 마법을 쓸 수가 없었다.

정 상대가 강해서 파괴 마법을 써야한다면 공격의 순간에는 방어막을 풀어야만 했던 것이다.

그러나 아이시크는 그런 상황에 처하게 되리라고는 짐작조차 하지 않았다.

그의 머릿속에서는 이미 체슈에 대한 관심은 사라진 지 오래, 황제를 찾아가 책임을 물어야겠다는 생각밖에는 없었다.

그리고 그것은 뼈아픈 실책이었다.

시우가 아우라로 만든 빛의 검이 아이시크의 방어막과 격돌했다.

그 순간 방어막을 이루는 마력이 시우의 검과 부딪히며 붕괴현상을 일으키기 시작했다.

"〈말도 안 돼!〉"

아이시크는 기겁을 하며 날갯짓을 하여 몸을 뒤틀었다.

하지만 시우의 검은 이미 아이시크의 방어막을 산산이 찢어 파고들고 있었다. 완전한 회피는 어려운 상황이었다.

시우가 만들어낸 빛의 검이 아이시크의 꼬리를 자르

고 포스칸 상급 검술에 의해 연이어 아이시크를 짓쳐나 갔다.

아이시크는 날갯짓에 박차를 가해 회피 동작으로 들어갔지만 시우의 출력에는 아직도 여유가 있었다. 발에 아우라를 모아 뿜으며 허공을 박차자 시우의 몸이 빠른 속도로 아이시크의 뒤를 쫓았다.

아이시크는 시우와의 거리를 벌리는데 실패했다.

시우의 검이 아이시크의 등판을 훑고 지나갔다. 이번에는 꼬리에 이어 날개가 잘려나갔다.

아이시크는 여전히 방어마법을 펼치고 있었지만 시우의 검을 막아낼 수는 없었다.

시우의 아우라는 세실강 한손검에 담긴 리네의 원력과 동화하여 마력을 흡수하고 있었다. 마력으로 이루어진 방어막이라고 해서 거기에 견뎌낼 방법은 없었다. 시우의 아우라와 닿음과 동시에 방어막이 붕괴되며 마력이 세실강에 빨려 들어갔다.

시우의 검 리네가 드래곤의 마력을 흡수하여 지금까지 없었던 정도로 밝게 빛을 뿜어내고 있었다.

아이시크의 눈에 허탈과 분노가 연달아 일어났다.

고작 인간 따위에게 꼬리가 잘리고 날개가 찢겨나갔으니 허탈도 허탈이었지만 솟구치는 분노를 억누를 길이 없었다.

날개가 잘려 추락하는 듯 보이던 아이시크의 몸체가 날갯짓으로 하늘을 날던 것보다 빠르게 하늘로 상승하며 주위로 얼음덩어리들을 만들어냈다.

마력의 인력으로 몸을 날리면서 인간 놈들의 몸을 꿰뚫을 얼음송곳을 만들어낸 것이었다.

그러나 이내 쏟아지기 시작한 얼음송곳들은 어느새 소라와 에리카가 소환한 불의 정령에 의해 그대로 녹아 물이 되었고 시우 일행의 몸에 닿을 때에는 그저 물벼락에 불과했다.

그 순간 수인족 특유의 특징으로 원력을 끌어올려 거구의 야수로 변신한 리나가 아이시크의 상단에 나타나 그를 몰아쳤다.

계속해서 공중으로 도망을 치려는 아이시크를 아우라로 몰아치자 아이시크의 방어막을 뚫고 직접적인 상처는 입히지 못해도 더 이상 도망가지 못하도록 막아서는 것이 가능했다.

"〈이런.〉"

아이시크는 도주로를 차단한 리나와 자신의 뒤를 쫓아 추격해오는 시우의 모습에 기겁을 했다.

벌써 꼬리와 날개가 찢겨나갔으니 다음엔 어디가 아작 날지 알 수 없었다.

이미 시우에게 아이시크의 방어막은 무의미한 수준이

었으니 어쩌면 이번에야말로 드래곤 하트가 박살나 죽음을 맞이할 지도 모른다는 생각에 아이시크는 난생 처음으로 죽음의 공포를 맛보아야만 했다.

그런 아이시크를 제정신으로 돌린 것은 아이시크가 가진 드래곤으로서의 자존심이었다. 고작 인간에 불과한 놈들에게 공포 따위를 느끼다니 아이시크는 스스로를 용서할 수 없었다.

아이시크는 그 즉시 방어막을 풀고 주문을 외웠다.

"〈어둠보다 어둡고 죽음보다 차가운 존재의 강림에 영혼조차 얼어붙는다.〉"

아이시크의 주문이 끝을 맺자 아이시크의 드래곤 하트에서 검은 안개가 솟아나왔다. 그것은 뭉게뭉게 아이시크의 몸 주변을 에워쌌는데 드라고니스를 익혀 주문을 해석할 수 있었던 시우는 안개의 정체에 경계하지 않을 수 없었다.

방어막이 사라진 틈을 타서 아이시크의 등짝에 아우라로 만들어낸 빛의 발톱으로 깊숙한 상처를 입히던 리나는 탈출이 늦어 그만 아이시크의 검은 안개에 노출되고 말았다.

공중을 날기 위해 소라가 만들어준 바람의 정령을 타고 있던 리나가 갑자기 추락하기 시작했다. 바람의 정령이 검은 안개에 노출되자 갑자기 사라져버렸기 때문이었다.

리나는 어느새 변신이 풀려서 내팽개쳐지듯 바닥에
착지했다.

운신이 부자연스러워 착지하고도 중심을 잡지 못해
쓰러지는 모습에 시우는 안개에서 물러났다. 아이시크
는 검은 안개에 싸여서 움직일 생각을 하지 않았다.

"안개를 조심하냐! 원력이 통하지 않고 신체가 직접
안개에 닿으면 원력이 봉인되냐!"

시우는 리나의 경고에 화들짝 놀랐다.

리나를 돌아보니 양 손과 허리 아래 반신이 까맣게 물
든 것이 보였다. 어떻게 몸은 움직이지만 까맣게 물든
부위의 원력들이 봉인되어 운신이 어려워보였다.

아이시크의 설명문에서 보았던 영혼의 동결이란 원력
을 봉인하는 능력을 말하는 모양이었다.

시우는 시험 삼아 검은 안개를 향해 원력을 쏘아 보내
보았지만 아우라의 칼날은 안개 속에 파고들자 흔적도
없이 사라지고 말았다.

원력에 대항함에 있어선 절대적인 방어막이라 할 수
있었다.

왼쪽 눈을 가려보자 안개를 유지하면서 회복마법을
쓰고 있는 모양인지 아이시크의 생명력이 천천히 차오
르는 것이 보였다.

시우가 놈의 상태를 확인하는 사이 소라와 에리카가

바람의 정령을 소환해 몰아붙였다. 바람으로 안개를 흩어놓을 생각인 모양이었는데 안타깝게도 소라와 에리카는 뜻을 이루지 못했다.

정령의 영혼은 원력으로 이루어진 존재. 바람의 정령들은 안개에 닿음과 동시에 안개처럼 흩어지며 소멸되고 말았다.

멀리서 바람을 불어도 소용은 없었다. 보이는 것은 안개처럼 보이나 실제로는 다른 모양이었다.

어떻게 깎아놓은 생명력인데, 시우는 원력 대신 마력을 듬뿍 일으켰다.

놈은 안개를 유지하느라 방어막을 칠 여유가 없었다. 그렇다면 마력으로 인한 공격에는 무방비할 것이 틀림없었다.

"[비룡참!]"

시우의 검 리네에서 커다란 용이 솟아나와 안개 속으로 뛰어들었다.

"콰오오오!"

아이시크의 고통에 겨운 육성이 들려왔다.

역시나 시우의 생각대로 마력으로 인한 공격에는 무방비한 모양이었다.

놈은 몸을 회복하는 것을 포기하고 검은 안개를 흩뿌리며 주문을 외기 시작했다. 검은 안개에 닿으면 원력이 봉인된다는 사실을 아는 시우는 그것을 피하느라 정신이 없어 아이시크의 주문을 막을 수가 없었다.

"〈흐르는 시간의 강이여. 초월적인 동결의 힘에 의해 멈춰 설지어다.〉"

시우는 아이시크의 주문을 해석하고 아차 싶었다.

아이시크의 특기 마법인 시간 동결을 쓰려한다는 것을 깨달을 수 있었기 때문이었다.

그 순간 시우의 오른쪽 귀걸이가 빛났다.

유니크 액세서리인 면역의 귀걸이가 가진 특수 효과가 발동한 것이다.

시우는 10초간 상태이상에 대한 무적상태가 되었다.

그리고 그 순간 아이시크의 마법은 완성되어 시간이 얼어붙었다.

시우가 과거에 한 번 써본 적이 있는 순발력을 극도로 상승시켜 시간이 멈춘 것처럼 착각하게 되는 기술과는 근본부터가 달랐다.

정말로 세계에 흐르는 시간이 멈춰버린 것이다.

물론 시전자에게 흐르는 시간만을 제외하고.

"〈제기라아알!〉"

시간이 멈추자 아이시크는 꼬리와 날개에서 전해지는 고통을 참지 못하고 포효를 내질렀다. 거기에는 인간 따위에게 죽을 뻔했다는 분노도 담겨 있었다.

하지만 시간을 멈추는데 성공한 이상 아이시크를 막아설 수 있는 존재는 전무했다.

시간이 멈춘다는 것.

그것은 언제나 세상에 흐르던 빛도, 공기도 더 이상 움직이지 않는다는 것을 뜻했다.

세상은 완벽한 암전 속에 갇혀버렸다.

기껏해야 동공을 열고 걸음을 옮기면 희미한 빛이 망막에 부딪히며 상이 맺히곤 했지만 그것으론 세상을 구분할 수가 없었다.

이미 몇 번이나 시도해본 시간 동결 마법으로 인해 그 사실을 잘 아는 아이시크는 눈을 아주 감아버리고 온전히 마력 감지 능력으로 세상을 구분하며 걸음을 옮겨야만 했다. 그리고 드래곤인 아이시크에게는 그것만으로 충분히 시각을 대신할 감각으로 이용할 수 있었다.

그러나 아이시크는 잠시 마력 감지 능력으로 주위를 훑다가 인간 한 놈의 기척이 느껴지지 않는다는 사실을 파악했다.

원력조차 얼리는 검은 안개에 저항해 마력으로 대항해 아이시크의 몸에 상처를 입힌 인간 마법사 놈이 틀림없었다. 어떻게 알고 마력을 숨겼는지 알 수는 없었지만 시간이 멈추기 직전에 마력을 숨긴 모양이었다.

그러나 아이시크는 상관없었다. 어차피 떨어져나간 꼬리와 날개만 다시 붙이고 나면 자신의 몸을 중심으로 반경 1킬로미터 내외의 모든 사물을 얼어 붙일 예정이었으니까.

아이시크의 특기 마법인 검은 안개와 시간 동결을 사용한 탓에 마력 잔량은 3할밖에 되지 않았지만 2할만 사용해도 주변을 남김없이 얼려버리는 것은 충분히 가능했다.

꼬리와 날개를 붙여 회복 마법을 펼친다고 한다면 남은 1할조차 마력이 남아나지 않는다는 사실이 아이시크를 불안하게 만들었으나 주변을 꽁꽁 얼려버린 후에 그 얼음 속에서 마력을 회복하면 되리라고 생각을 정리했다.

아이시크는 다시 마력 감지 능력을 통해 자신의 몸에서 떨어져나간 꼬리와 날개를 찾아 마력의 인력으로 집어 들었다.

얼어버린 시간 속에서 공기도 흐름을 멈춘 탓에 호흡이 가빠졌다.

아이시크는 코 주변에도 마법의 인력을 발휘하며 주변 공기들을 빨아들였다.

그제야 조금 속이 편해진 아이시크는 몸을 회복하기 위해 꼬리와 날개를 몸에 맞추고 회복 마법을 펼쳤다.

그리고 그 순간이었다. 갑자기 날카로운 것이 아이시크의 옆구리를 훑고 지나갔다.

"콰오오오."

아이시크는 예상치 못했던 고통에 포효를 질렀다.

뭐지? 꼬리와 날개를 고정해두려고 작용시킨 인력에 주변 물건을 끌어들인 것일까?

아이시크는 고개를 저었다. 만약 그런 이유에서 주변의 날카로운 물건이 날아들었다면 아이시크의 마력 감지 능력으로 파악하지 못할 리가 없었다.

아이시크는 이내 한 가지 가설을 떠올렸다.

아이시크가 감지하지 못한 날카로운 물건이라면 자신의 마력을 철저히 감춘 인간 마법사 놈일지도 모른다는 가설이었다.

아마 아이시크가 펼친 인력에 끌려왔겠지만 놈은 시간이 멈추기 전에 이미 마력을 숨긴 상태. 인력에 끌려오면서도 아이시크의 감지 능력을 벗어났던 거겠지.

그것이 사실이라면 지금 통증이 느껴지는 주변에는 인간 마법사가 검을 꼬나든 채로 굳어 있을 것이 틀림없었다.

아이시크는 앞발로 옆구리 주변의 땅을 훑으며 인간 마법사를 붙잡으려 했지만 잡히는 것은 아무것도 없었다.

그러자 이번에는 반대편 옆구리에서 끔찍한 고통이 느껴졌다.

카라라랑!

금속이 드래곤의 비늘을 훑고 지나가는 묘한 소리가 터져 나왔다.

"〈누, 누구냐!〉"

아이시크는 그제야 시간이 동결된 이곳에서 누군가 움직이고 있을지도 모른다는 공포에 휩싸였다. 그럴 리가 없다고 생각하면서도 만약 이 공간 속에서 자유롭게 움직일 수 있다면, 심지어 마력을 숨겨 드래곤의 감각을 속일 수 있을 정도의 존재라면 아이시크는 꼼짝없이 당할 수밖에 없는 상태였기에 두려움은 배가되었다.

그러나 아이시크의 질문에 대답이 돌아오진 않았다. 마력 감지 능력에 잡히는 것도 없었다. 마치 옆구리에서 느껴진 고통은 착각이라는 듯이 움직이는 것이라곤 아무것도 느낄 수가 없었다.

귀신이 곡할 노릇이었다.

아이시크가 공포에 떨고 있을 무렵 시우는 신이 나있는 상태였다.

시우도 정지된 시간에 적응하여 눈을 감고 마력 감지 능력에 의존해 세상을 느끼고 있었다. 그런 시우의 시야

한 편에선 시스템 알림창이 깜빡이고 있었다.

[[유니크] 면역의 귀걸이[R], 특수 효과 발동.]
[상태이상 면역 효과 적용 중. 남은 시간 10초.]

시간이 멈춰버린 탓에 특수 효과인 상태이상 면역 효과의 남은 시간이 10초에서 줄어들지 않았던 것이다.

시우는 시간 동결이라는 상태이상에 면역이 되어 시간이 동결된 세상을 자유롭게 누빌 수 있었다.

아이시크는 뒤늦게 그 사실을 깨닫고 몸을 치유하던 회복 마법도, 호흡을 위해 공기를 모으던 인력도 흩어버리고 마력을 숨기기 시작했지만 시우에겐 아무래도 좋은 저항이었다.

주변의 다른 사물들이라면 가장 기본적인 생체 반응인 심장박동마저 멈춰버린 상태였으나 아이시크는 그 효과에서 벗어난 탓에 심장이 박동치고 있었으니까.

시우에겐 그것만으로도 아이시크의 위치를 파악하는데 충분했다.

시우는 아이시크에게 위치가 발각될 것을 우려해 아우라를 일으키는 것은 자제하고 뽑아든 리네로 놈의 살덩이를 저며 내기 시작했다.

회복 마법으로 붙어가던 꼬리를 다시 잘라내고 하늘

로 날아오르지 못하도록 날개를 뜯어내고 앞뒷다리 힘
줄을 끊어낸 뒤 기다란 목에 리네를 꽂아 넣어 경동맥에
커다란 구멍을 만들었다.

아이시크의 생명력은 무려 16,000을 넘어가고 있던
탓에 쉽게 죽어주진 않았지만 느리더라도 확실하게 생
명력을 떨어트릴 수 있었다. 아이시크는 경동맥에 구멍
이 뚫리는 것을 기점으로 더 이상 마력을 숨기는 것에
의미가 없음을 깨닫고 모든 마법 능력을 동원하여 방어
막을 치고, 회복 마법을 펼치며 잘려나간 날개를 대신
해 마법의 인력으로 몸을 끌어올려 도주를 시도했지만
이미 아이시크의 생명력은 떨어질 대로 떨어진 상태였
다.

시우도 더 이상 위치가 발각되는 것을 두려워하지 않
았다.

시우가 리네에 아우라를 끌어올리자 아우라에서 뻗어
나온 강렬한 빛이 터져 나왔다.

아이시크도 두 눈을 통해 겨우 시우의 위치를 파악할
수 있었지만 아이시크가 할 수 있는 것은 아무것도 없었
다. 그저 할 수 있는 것이라곤 공포에 휩싸인 눈으로 땅
을 박차고 도약해오는 시우를 바라보는 것뿐이었다.

"〈자, 잠깐······!〉"

방어막에 회복 마법, 그리고 몸을 띄우기 위한 마법의

인력. 몸을 지키기 위한 발악으로 모든 마법 능력을 동원한 아이시크는 시우를 공격할 여유가 남아있지 않았다.

"너는 제페스를 파괴할 것이 아니라 순순히 물러났어야 했다. 그랬다면 나의 손에 목숨을 잃는 일도 없었겠지."

시우의 목소리는 아이시크의 운명을 가엾게 여기는 듯했지만 그 두 눈은 살기로 번들거리고 있었다.

시우의 빛의 검이 아이시크의 목덜미를 크게 베고 지나갔다.

그리고 공포에 질려있던 아이시크의 눈은 점차로 초점이 사라져 빛을 잃어갔다.

따단!

[업적 달성! 최시우님은 가진 바 능력을 발휘하여 드래곤 아이시크를 처치하시는데 성공하셨습니다.]

[칭호 = 드래곤 슬레이어가 주어집니다.]

[획득 경험치가 가산됩니다.]

띠링!

[레벨이 59 상승하셨습니다.]

[레벨업 효과로 생명력과 마력, 원력이 회복됩니다.]

[스탯 포인트가 118개 자동분배 됩니다. 남은 스탯 포인트가 177개 상승합니다.]

[모든 상태이상 효과가 회복됩니다.]

아이시크의 죽음과 동시에 동결된 시간이 다시 흐르기 시작했다.

✦

시우가 만들어낸 허상을 쫓아 하늘을 날고 있던 수아제트는 갑자기 뇌리를 울리는 경종에 인상을 찌푸렸다.

또 통신 마법이었다. 상대는 성룡 베네모스.

아무리 협력하기로 마음을 정했다지만 수아제트는 베네모스를 상대하는 것이 불편했다. 그 불편함을 조금도 숨기지 않고 베네모스의 통신 마법에 반응한 수아제트의 음성은 나직하게 가라앉아 있었다.

"〈…때가 좋지 않소.〉"

수아제트는 통신을 하고 있을 때가 아니라고 의견을 밝혔지만 베네모스도 이대로 통신을 끊을 수는 없었다.

"〈아이시크가 죽었다.〉"

베네모스의 말에 수아제트는 눈을 크게 치뜨며 허공에 멈춰 섰다. 그러자 수아제트를 유인하던 바람의 정령도 멈춰 섰다. 마치 따라와 주지 않으면 곤란하다는 듯이.

상황이 너무 급해 드래곤을 유인하라는 명령밖에는

내리지 못했기에 나온 어설픈 대응이었다. 수아제트는 그것을 확인하며 아이시크가 따라간 쪽이 진짜 체슈 일행임을 알아챌 수 있었다.

"〈혹시 짐작 가는 일이 있는가?〉"

베네모스의 질문에 수아제트는 어쩔 수 없이 현재의 상황을 설명해야만 했다.

그것을 모두 듣고 정황을 모두 파악한 베네모스는 한참 동안 말이 없었다.

아이시크의 시간 동결 마법은 가공할 만한 능력이었다. 아무리 인간의 수가 많다고 해도 아이시크의 능력이라면 충분히 인간들의 군대를 쓸어버리고도 남았다. 그런 아이시크가 죽었다는 사실이 쉽게 이해되지 않았다.

베네모스는 파일로스에게 허락받은 권능으로도 미리 알 수 없었던 이상사태에 일말의 불안을 느껴야만 했다.

베네모스는 수아제트에게 복귀 명령을 내렸다.

이미 다른 드래곤들을 회유하고 있는 중이기는 했지만 아이시크가 죽은 마당에 수아제트마저 잃을 수는 없었다.

지금은 한 개체라도 드래곤이 더 필요한 순간이었다.

수아제트도 자신보다 강한 것이 분명한 아이시크가 죽었다는 사실에 큰 경각심을 느끼고 있던 터라 베네모스의 복귀 명령에 토를 달지 않았다.

'이렇게 되면 애초에 계획했던 대로 어린 드래곤을 사냥해 여분의 드래곤 하트를 마련해야겠군.'

수아제트는 체슈를 향한 경각심을 더욱 공고히 다졌다.

✛

아이시크를 사냥하고 단번에 250레벨이 된 시우는 새롭게 사용할 수 있게 된 아이템과 스킬들을 확인하고 싶었지만 시우는 나중에 천천히 확인하기로 하고 먼저 새롭게 획득한 칭호의 효과부터 확인했다.

칭호-드래곤 슬레이어
[칭호 효과- 카리스마 대폭 상승.]

시우는 카리스마가 상승한다는 효과에 고개를 갸웃거리다가 칭호를 중급 익시더로 되돌렸다. 카리스마가 상승하면 어떤 효과가 있는지는 알 수 없으나 당장 전투에 도움이 되는 것은 원력의 통제력을 상승시켜주는 중급 익시더의 칭호라고 판단했기 때문이었다.

시우는 생명 잃은 아이시크의 눈에서 눈물이 흘러나와 반투명한 하나의 아름다운 수정이 되는 것을 확인했다.

드래곤의 알, 드래곤 티어였다.

시우는 아이시크가 하나의 드래곤 티어를 만들고 더 이상 눈물을 흘리지 않는 것을 확인하고 놈의 이마에서 드래곤 하트를 분리시켰다.

Respawn

NEO FUSION FANTASY STORY & ADVENTURE

26장.

북부를 향해

리스폰

아이시크의 드래곤 하트

내구력 (57/61)

특수 효과– 마력 저장. (123,658/1,300,552). 마력 소모 시 최대 마력량이 줄어든다.

특수 효과– 마력 회복. 생전에 소모한 마력이 자동 회복된다. 1초당 1포인트의 마력이 회복된다.

설명– 드래곤이 생전에 쌓아온 마력이 저장된 보석. 어떠한 예술품과 비교해도 손색이 없는 아름다움을 자랑한다.

시우는 드래곤 하트의 효능을 대충 확인하고 입맛을

다셨다.

드래곤 하트의 마력 저장량은 역시 전략병기 취급을 받을 만큼 대단한 것이었다. 하지만 한 번 마력을 소모하면 최대 마력량이 줄어드는 소모품이었던 것이다.

그것은 시우도 이미 알고 있던 사실이었지만 그때는 드래곤 하트가 정말로 자신의 손에 들어올 줄은 몰랐던 때이고, 정작 드래곤 하트가 손에 들어오자 쓰면 쓰는 대로 사라지는 소모품이라고 생각하니 아쉬운 마음을 감출 수가 없었던 것이다.

시우는 드래곤 하트를 품속에 달린 안주머니에 넣었다.

드래곤 하트는 아이시크가 죽기 전에 소모한 마력을 회복하려면 어느 정도 시간이 필요했다. 아이템창의 기능은 아이템이 그 안에 들어간 순간의 상태를 보존하는 시간 동결과 같았으니 마력이 회복되지 않으리라는 판단 하에 내린 결단이었다.

드래곤 하트의 마력이 모두 회복되려면 14일 정도의 시간이 필요했다.

시우는 다음으로 드래곤 티어를 향해 시선을 돌렸다.

드래곤 티어
내구력 (55/55)

설명- 드래곤 아이시크가 죽음의 순간 흘린 눈물이 굳어 타원형의 수정이 되었다. 이는 드래곤의 알로 소정의 조건이 갖춰지면 부화한다. 갓 부화한 드래곤은 자아가 약하므로 관리에 따라서 길들이는 것도 가능하다.

시우는 그것을 일견 보는 것만으로 그 안에서 마력이 소용돌이 치고 있음을 확인할 수 있었다. 아직 알 속에선 드래곤의 해츨링이 자라고 있겠지만 그래도 드래곤이라고 드래곤 하트가 생성되어 태어날 순간을 위한 마력을 끌어 모으고 있는 모양이었다.

어쩌면 드래곤이 부화하기 위한 소정의 조건이라는 것이 바로 일정량 이상의 마력을 모으는 것일 수도 있었다.

시우는 잠시 고민하다가 드래곤 티어를 리나에게 던져주었다.

리나는 아이시크가 죽음으로 자신의 몸을 좀먹던 마법이 사라지자 자리에서 비척이며 일어나고 있었다. 날아드는 수정을 간신히 받아낸 리나는 의문 어린 표정을 지었다.

"그거 드래곤 티어니까 알아서 잘 관리해."

"드래곤 티어냐? 관리하라니 어쩌냐?"

리나가 당황해 시우와 드래곤 티어를 번갈아 보았다.

그러나 시우는 드래곤 티어의 관리에 대해선 관심을 끄기로 결정한 상태였다.

드래곤들에게는 부모 자식의 개념이 없기는 했지만 시우의 관점에서 보면 자신이 죽인 드래곤의 자식이었으니까. 아마 복수 따위를 걱정할 필요는 없겠지만 그것을 길들여 이용할 만큼 시우의 얼굴은 두껍지 않았다.

"구워먹든 삶아먹든 마음대로 해."

"드래곤의 알을 구워, 삶아서 먹냐……?"

시우는 관용적 표현이랍시고 뱉은 소리에 혼란스러워하는 리나를 보고 머리를 헝클었다.

"지금 여기서 죽이든 버리든, 아니면 부화시켜 길들이든 마음대로 하라고. 전부 내키지 않으면 마땅한 국가에 돈을 받아 팔수도 있겠지. 드래곤 티어는 용기사를 육성하는데 반드시 필요한 재료니까."

어딘지 신경질적인 시우의 모습에 리나는 잠시 당황하다가 공간압축반지에서 커다란 천 조각을 꺼내 드래곤 티어를 돌돌 말아 가방처럼 비껴 매고 만족스러운 표정을 지었다.

그 모습을 보아 리나는 드래곤 티어를 부화시키기로 마음먹은 듯했다. 만약 다른 국가에 팔기로 마음을 먹었다면 굳이 매고 다닐 필요 없이 공간압축반지에 담아 보관하면 됐을 테니까.

시우는 이것이 잘하는 짓인가 의문이 들었지만 그냥 고개를 젓고 말았다.

마지막으로 처리할 전리품은 아이시크의 시체였다.

드래곤은 수명이 없는 만큼 그 피와 고기는 불노불사의 연구 재료로 연금술사나 재벌, 권력자들에게 비싸게 팔렸고 그 뼈는 무기와 방어구로 쓰이고, 특히 드래곤의 비늘은 포스칸들이 세실강을 만드는데 들어가는 가장 중요한 재료이기도 했다.

머리부터 꼬리까지 총 신장 47.4미터, 그 무게는 무려 16.8톤이나 하는 거대한 드래곤의 시체이니 만큼 그 가치는 상상을 초월할 것이 틀림없었다.

시우는 이렇게 큰 물건을 아이템창에 넣어본 적은 없었기 때문에 다소 걱정하면서 아이시크의 시체에 손을 얹고 반대쪽 손으로 아이템창의 슬롯을 터치해 보았다.

그러자 가로 세로 두 칸씩 4개의 슬롯을 차지하고 아이시크의 시체가 아이템창 속으로 모습을 숨겼다. 다행히도 아이템창의 한계치는 시우의 생각보다 큰 모양이었다.

시우는 아이시크를 사냥한다고 저며 낸 아이시크의 육편과 비늘도 아이템창에 하나하나 주워 담고 자리에서 일어났다.

리나는 아직까지 드래곤 티어에 정신이 팔려 있었고 소라와 에리카는 시우가 어떻게 아이시크를 사냥했는지 의아한 모양이었다.

그것도 그럴 것이 그녀들의 관점으로 보자면 아이시크가 마법을 쓰는 다음 순간 아이시크는 전신이 난자당해 죽어있었으니까.

시우는 아이시크가 시간 동결 마법을 사용한 사실을 말해주었지만 그 말에 그녀들은 오히려 의문만 늘어난 표정을 지었다.

드래곤이 시간을 멈췄다면 그 속에서 시우는 어떻게 자유로울 수 있었단 말인가?

그러나 시우는 그녀들에게 자세한 설명을 해주지는 않았다.

단지 그녀들에게 제페스로 돌아가자고 재촉할 뿐이었다.

수아제트가 쫓던 바람의 정령이 허상이었다는 것을 깨닫게 되면 놈이 제페스로 돌아올 확률이 높았으니까.

어쩔 수 없이 아이시크과 전투를 벌여 사냥에 성공하기는 했지만 시우의 목적은 드래곤을 사냥하는 것이 아니라 수아제트를 제압해 세리카를 구해내는 것이었으니까.

아이시크를 사냥하고 레벨업을 한 시우는 이미 만전의 상태였다. 면역의 귀걸이는 쿨타임이 1시간이나 되어 다시 사용하기는 힘들었지만 주의만 기울이면 수아제트의 정신 마법은 상태이상회복 포션으로 대응하는 것도 가능했다.

그렇게 돌아간 제페스의 광경은 처참했다.

꽁꽁 얼어붙어 단숨에 죽은 경우는 약과에 불과했고 많은 수의 사람들은 몸에 붙은 불을 끄려 바닥을 뒹굴다가 죽어버렸다.

그나마 불에 붙은 사람 중에는 살아남은 경우도 있었지만 살았다고 하여 결코 죽은 자보다 낫다고 하기에는 어려운 모습이었다.

피부가 녹아내리거나 짓물러 진물이 흐르고 사지가 까맣게 타들어가 설사 포션이 있다고 해도 살아남기 어려워 보이는 사람들이 대다수였다.

제페스 도처에서 비명과 곡소리가 그치질 않았다.

몸이 온전한 사람들은 이미 영지 바깥으로 도망을 친 것인지 화재를 진압하기 위해 움직이는 사람들은 보이지 않았다.

시우는 소라와 에리카에게 화재 진압을 부탁했다. 그녀들의 물의 정령이라면 어느 정도 화재를 진압하는 것이 가능하리라는 생각이었다.

또한 리나에게는 높은 곳에 올라가서 혹시 수아제트가 돌아오는지 망을 봐달라고 부탁했다.

그리고 시우는 마을을 돌아다니면서 250레벨이 되며 새롭게 얻은 상태이상회복 마법 스킬 [큐어]와 생명력회복 마법 스킬 [힐링]을 사용해 영지민들을 구출하며 돌아다녔다.

큐어를 사용하면 화상이 치료되었고 힐링을 사용하면 생명력을 회복시킨다. 그러나 아이시크의 빙결 마법에 꽁꽁 얼어버린 사람들은 전원 즉사를 한 상태였고 수아제트의 화염 마법에 당한 사람들은 많은 수가 살아남았지만 팔다리가 잘려나가거나 불에 타 더 이상 제 기능을 못하는 경우가 많았다.

이런 경우는 신체의 손상으로 인해 최대 생명력 자체가 줄어들어 힐링 마법 스킬로도 회복하지 못하는 경우가 있었다.

시우는 그러한 경우에 대해서 아이템창에서 생명력회복 포션을 꺼내 사용하길 주저하지 않았다. 이 세상의 포션과 같은 경우에는 신체 기능을 복원하지 못하는 경우에도 시우가 갖고 있는 게임의 포션이라면 원래 상태로 고치는 것이 가능했다.

250레벨이 된 시우는 한 병에 생명력을 5,000포인트나 회복시켜주는 포션을 사용할 수 있게 되었으므로 생명력을 1,000 회복 시켜주는 50레벨제한의 포션을 아낌 없이 쓸 수 있었다.

불에 타 더 이상 쓸 수 없는 부분을 칼로 베어 절제하고 포션을 먹이면 어렵지 않게 사람들을 구해내는 것이 가능했다.

그렇게 살아난 사람들은 시우에게 감사의 인사를 하기가 바쁘게 가족을 데려와 치료를 부탁했다. 시우는 눈코 뜰 새 없이 영지민들을 치료하기 바빴다.

그 때 뭔가가 시우를 향해 날아왔다. 시우는 그것을 감지하고 서둘러 마력을 일으켜 그것을 막았다. 다행히도 위력 있는 물건은 아닌지라 쉽게 막을 수가 있었지만 거기서 풍기는 악취마저 막을 수는 없었다.

눈앞의 환자를 치료하고 여유를 찾은 시우는 이내 그것이 썩은 달걀이라는 것을 확인할 수 있었다.

"모두 네놈 때문이야! 네놈이 드래곤을 사냥한다고 지랄을 떨지만 않았어도 내 딸은 죽지 않았다고!"

상대는 수염을 덥수룩하게 키운 중년의 사내였다. 그는 눈물과 콧물을 흘리며 시우에게 썩은 달걀을 던져대고 있었다.

일반 영지민들에게 마법사라는 존재는 감히 범접할 수 없는 존재였다. 심지어 드래곤을 사냥하겠다고 계획까지 짠 시우에게 대항하는 것은 평소라면 상상도 할 수 없는 일이겠지.

사내가 몽둥이를 가져오지 않고 썩은 달걀을 던지는 이유도 그 때문일 것이다.

그가 무슨 짓을 하던 시우의 몸에 상처를 입힐 수는 없을 테니까. 그러니 최소한 썩은 달걀을 던져 악취로라도 상대를 괴롭히려고 말이다.

그 대가로 사내는 죽음마저 각오하고 있을 것이다.

이 상황은 시우가 바란 것이 아니었다. 설마하니 알덴브룩 제국과 손을 잡은 드래곤들이 알덴브룩이 점령한 땅을 공격하리라곤 생각하지 못했기 때문에 발생한 사건.

그 누구도 예측할 수 없었던 일이었다.

그러나 시우는 이렇게 될 수도 있었음을 미리 알았어야 했다고 자책했다.

시우는 마력으로 둘러친 방어막을 풀었다.

사내의 마음이 풀린다면 썩은 달걀이든 몽둥이든 얼마든지 받아줄 생각이었다.

그러나 이내 던진 썩은 달걀은 그 사이에 끼어든 사람에 의해 가로막혔다.

"그만하시오!"

상대는 놀랍게도 테스였다.

전쟁 중에 죽었으리라고 짐작했던 테스가 살아있다는

사실에 시우는 놀란 표정을 지었다.

사내는 썩은 달걀을 던지다 말고 주춤거렸다.

테스의 양 손목에는 원력을 억제하는 팔찌가 채워져 있었지만 용병답게 다부진 체격을 가진 테스의 모습에 겁을 먹은 탓이었다.

그러나 사내는 이미 마법사의 손에 죽임을 당할 것마저 각오한 상태였다. 지금이라면 상대가 누구라고 하더라도 상관이 없었다.

"저놈 때문에, 저놈이 우리 딸을 죽였어!"

사내가 던진 달걀에 이마를 맞은 테스는 그 고약한 썩은 내에 인상을 찌푸렸다.

"정신 차리시오! 당신의 딸을 죽인 것은 빌어먹을 알덴브룩의 드래곤들이오! 이 분은 스스로 미끼가 되어 드래곤들을 꾀어 피해를 최소한으로 줄여주었다고!"

"하지만 드래곤들이 말하길……!"

"체슈 씨가 드래곤들을 사냥하려 했기 때문에 당신의 딸이 죽었다고? 놈들은 우리 임펠스 왕국을 점령하고 짓밟고 강간한 적국에 동조하는 드래곤들이오! 그런 놈들을 사냥하겠다고 마음먹은 것이 잘못된 일이란 말이오? 당신의 딸을 강간한 것이 이 분이오? 당신의 딸을 죽인 것이 체슈 씨냐는 말이오!"

테스의 열변에 사내는 주춤주춤 물러서다가 풀썩 주

저앉았다.

"하지만, 하지만……."

사내는 꿇어앉은 자리에서 고개를 숙이고 끊임없이 눈물을 흘렸다.

아마 사내는 딸을 잃은 슬픔을, 분노를 표출할 상대가 필요했던 것이겠지.

사내는 한참을 그렇게 앉아 있다가 작게 중얼거렸다.

"…미안하오……."

그것은 너무나도 작은 소리였지만 귀를 기울이고 있던 시우는 놓치지 않고 들을 수 있었다.

"당신의 잘못이 아닙니다."

시우는 그렇게 대꾸해주고 영지민들의 치료를 재개했다.

그 후로 시우의 행동을 방해하는 사람은 더 이상 나타나지 않았다. 개중에는 시우를 향해 분노를 품고 있던 자들도 있었지만 테스의 열변을 듣고 다들 제정신을 차릴 수 있었다.

시우는 이들을 구하기 위해 드래곤들을 유인해냈을 뿐 아니라 어떻게 했는지는 알 수 없었지만 드래곤들을 처리한 뒤 돌아와 다친 이들을 치료해주기까지 했다.

제페스를 구원해 주었다고 감사를 표하지는 못할망정

시우를 향해서 원한을 느끼며 복수를 꿈꾸는 것은 방향성이 잘못된 일이었다.

시우는 언제 나타날 지 알 수 없는 수아제트를 경계하느라 조바심을 느끼며 환자들을 계속해서 치료했다. 그러나 결국 수아제트는 돌아오지 않았고 시우는 다친 영지민들의 전부를 치료할 수 있었다.

그 과정에서 시우는 베로카도 만날 수 있었다.

아이시크의 마법에 의해 영주성이 통째로 얼고 그 안에 있던 알덴브룩의 기사단과 마법사단은 전멸했지만 여전히 제페스에 남아있던 알덴브룩의 병사들을 제페스의 시민들이 제압하고 포로들이 풀려났던 것이다.

그녀의 손목에도 역시 마력을 제한하는 팔찌가 달려 있었다.

시우는 테스를 비롯해 풀려난 포로들의 내력 봉인 팔찌를 풀어주었다. 팔찌는 힘으로 내려쳐도 쉽게 풀 수 없도록 견고하게 만들어져 있었지만 시우의 아우라에는 견뎌낼 수 없었다.

하지만 베로카는 팔찌가 풀려 자유가 되고도 제정신을 차리지 못했다.

자유를 되찾은 여자 포로 중에는 하염없이 눈물을 흘리는 여자도 있으면 영지민들에게 붙잡힌 알덴브룩의 병사들에게 달려들어 흉기를 휘두르는 여자도 있었다.

테스에게 정황을 들어보니 남자 포로들은 내력을 봉인당한 채 성벽의 복구나 신전의 건축에 이용되고 여자 포로들은 알덴브룩군 병사들의 노리개가 되었다고 한다.

시우는 고개를 저었다.

그녀들은 가진 바 실력이 위험하다 판단되어 포로로 붙잡아둘 정도로 능력이 뛰어난 여자들이었다. 저들은 그녀들을 이렇게 다룰 것이 아니라 어느 정도 대우를 약속하고 회유를 했어야 했다.

이미 제페스의 영주로 발탁된 데카스가 죽은 이상 뒤늦게 '이러쿵저러쿵 이야기해도 소용이 없는 일이긴 했지만 말이다.

풀려난 포로 중 한 명이 갑자기 중얼거렸다.

"…감사합니다. 성자님."

그걸 듣고 미처 정신이 없어 감사 한 마디 하지 못했던 이들이 따라했다.

"감사합니다. 성자님."

"성자님, 정말 감사합니다!"

주위는 순식간에 어수선해졌다.

"저는 성자가, 성인이 아닙니다."

시우는 당황한 기색으로 손사래를 쳤지만 영지민들은 내색하지 않았다.

상식적으로 생각해서 이렇게 많은 수의 사람을 살려

낼 수 있는 인간은 신의 권능을 하사받은 성인밖에는 없다. 그렇기에 튀어나온 말들이었다.

포션을 마셔도 꼼짝없이 죽을 수밖에 없는 중상을 입었다가 시우의 구원을 받은 이들은 거의 광기에 가까운 모습으로 시우를 찬양하고 있었다.

시우는 그들의 인식을 고쳐주려다가 입을 다물었다.

어려운 시기였다.

전쟁에서 패해 포로나 성노예 따위의 취급을 받다가 간신히 자유를 손에 넣었다. 그러나 그것은 짧은 순간의 자유에 불과했다.

제페스의 지리적 요건은 과거 임펠스 왕국이었던 지역의 중앙에 가까운 자리에 위치해 있다. 즉 임펠스 왕국이 알덴브룩 제국에게 점령당한 지금, 사방이 알덴브룩군으로 포진당한 형상을 하고 있었다.

드래곤과 알덴브룩 제국 사이의 소통이 원활하다면 인근 영지에서는 이미 제페스 탈환을 위한 군대가 출발했을지도 몰랐다. 자유를 되찾았다곤 해도 결국은 뿔뿔이 흩어져 도망쳐 다니거나 맞서 싸우다가 죽을 수밖에 없는 미래였다.

그들이 시우를 의지하고 싶어 하는 이유도 알 것 같았다. 신의 권능을 가진 신의 사자가 그들과 함께한다는 생각으로 지금 이 순간의 시련을 무마하고 싶은 것이다.

그런 그들의 희망이 헛되다 하나 시우는 그 작은 불꽃마저 꺼트리고 싶지는 않았다.

시우는 그저 그들의 칭송을 고개 돌려 못들은 척했다.

시우는 서둘러 걸음을 옮겨 원래 자신의 집이었던 곳으로 옮겨갔다. 지금은 어쩐지 혼자 있고 싶은 기분이었다.

그 뒤를 따라 화재를 완전 진압한 소라와 에리카가 집으로 따라 들어왔다. 이내 테스의 지도하에 과거 용병이거나 제페스 시의 병사였던 자들이 경계를 대신하고 망을 보던 리나가 돌아왔다.

제페스 시의 병사들은 용병의 지휘에 따르는 것이 조금은 불만인 모양이었지만 이미 그들의 지도자라 할 수 있는 자들은 모두 목이 잘린 터라 큰 문제는 생기지 않았다.

일단 당장에 급한 일부터 간단히 마친 테스는 시우를 찾아왔다.

"앞으로 어쩌실 거죠?"

테스의 질문에 시우는 바로 대답하지 않았다.

테스가 하고 싶은 말은 이미 알고 있었다.

제페스의 영지민들은 불안에 떨고 있다.

알덴브룩군의 병사들이 언제 이곳에 쳐들어올지 알 수 없으니까. 그 대항마로 영지민들은 시우를 성자라고 섬기며 불안과 공포를 무마하고 있으니 임시적으로 이들의 지휘를 맡고 있는 테스로서는 시우가 이들의 지도자가 되었으면 하는 것일 테지.

그러나 시우는 이들의 지도자도, 성자도 될 생각이 없었다.

"제 목표는 하나입니다. 드래곤 수아제트를 쓰러트리는 것."

그리고 그가 붙잡고 있는 세리카를 구해내는 것.

시우는 뒷말을 삼켰다.

시우의 말을 들은 테스는 길고 긴 한숨을 푸욱 내쉬었다.

"어휴후. 결국 떠나시나요."

테스는 아쉽다는 듯 그렇게 말했다.

시우가 드래곤을 잡으려는 연유는 알 수 없었지만 적어도 제페스의 영지민들은 시우의 드래곤 사냥에 눈곱만큼의 도움도 되지 않았다.

차라리 방해가 되지 않으면 다행일 정도로, 아마 실제로 전투가 일어나면 드래곤의 마법 한 방에 제페스의 영지민 및 용병과 병사들은 전멸을 하고 말 것이다.

시우이 뜻이 드래곤을 사냥하는 것에 있다면 제페스와 함께하는 것은 좋은 선택이 아니었다. 그러나 테스는 시우의 존재가 너무나도 아쉬울 수밖에 없었다.

테스가 시우를 정신적으로 의지하는 것 외에도 영지민들의 민심을 다스리는 데에 시우의 존재는 절대적이었기 때문이었다.

테스는 시우가 사라질 경우 생길 영지민들의 패닉이 벌써부터 눈에 선한지 질린 얼굴로 고개를 저었다.

"테스 씨는 앞으로 어쩔 거죠?"

시우의 질문에 테스는 얼굴에서 약한 표정을 거뒀다. 거기에 떠오른 것은 잔잔한 증오와 분노였다.

"저항군을 발족할 겁니다."

"저항군을?"

시우는 테스의 발언에 화들짝 놀랐다. 하지만 테스의 기분을 모르는 것도 아니었다.

알덴브룩 제국의 병사들은 임펠스의 국민들을 사람 취급도 하지 않았다. 아마 긴 세월에 걸친 국가 간의 다툼으로 생긴 골이 너무 깊은 탓이겠지.

그 때문이 아니더라도 이들이 지금 택할 수 있는 선택지는 그렇게 많지 않았다.

흩어져 숨어서 살거나, 뭉쳐서 저항해 싸우거나.

테스는 뭉쳐서 싸우기를 선택한 것이었다.

그것은 힘든 일이 될 것이다. 아마 일이 잘 풀린다 하더라도 수많은 사람이 다치고 또 죽을 것이다. 그야말로 계란으로 바위를 내려치며 바위가 부서지길 바라는 간절한 행위.

그러나 시우는 그 허황된 행위에 대해 경고나 충고 따위를 할 수는 없었다. 그저 깊이 고개를 파묻고 그들의 건투를 바라며 침묵을 지킬 수밖에는 없었다.

다음날 아침 날이 밝자 시우는 마을을 돌아다니며 명령권자를 잃어 움직이지 않는 마법병기에서 마석을 캐내어 테스에게 건네주었다.

명령권자를 잃었다지만 자기 보호 기능이 남아있는 탓에 마법병기에서 마석을 캐내는 행위는 무척 위험했기에 시우가 직접 발 벗고 나선 것이었다.

알덴브룩군에 포로로 붙잡힌 마법사들 중에는 마법사 길드 출신도 있었으니 마석과 시간만 주어진다면 새롭게 마법병기를 만드는 것도 어려운 일은 아닐 것이다.

연이어 시우는 하룻밤이 지나고도 여전히 녹을 생각을 하지 않는 영주성의 얼음덩어리를 소라와 에리카가 소환한 불의 정령의 도움을 받아 마법으로 녹여버렸다. 영주성에는 그간 쌓인 재물이 많으니 그것을 군자금으로 시작하면 테스가 발족할 저항군도 쉽게 무너지지는 않을 것이다.

그리고 마지막으로 시우는 간밤에 만든 통신 마법 도구를 테스에게 건넸다.

영상이 나오는 것도 아니고 단지 단말기 사이의 소리를 전달해 줄 뿐인 도구였지만 마력이 차단되지만 않는다면 통화가 가능하다는 점에서 매우 유용한 마법 도구였다.

"정 도움이 필요하면 연락하세요."

"드래곤 수아제트를 목격하게 된다면 반드시 알려드리겠습니다."

시우가 도울 수 있는 것은 그것으로 전부였다.

시우는 리카를 불러 일행과 올라타고 제페스를 떠나갔다.

시우가 목적지로 정한 곳은 테트라, 포스칸의 마을이었다.

기껏 드래곤의 시체를 얻은 것까지는 좋았으나 그것을 사용할 수 있도록 가공하거나 팔 수 있을 만한 곳이 없었기 때문에 그들의 도움을 받고자 한 것이다.

포스칸들의 뛰어난 합금 기술의 도움을 받으면 드래곤 스케일을 통해 최고의 금속이라 불리는 세실강을 얼마든지 찍어낼 수 있었다. 거기에 더해 포스칸들의 대장기술로 만들어진 드래곤 본 재질의 검에 드래곤 하트를 장착해 전략병기용 검인 드래곤 소드를 만들어내면 보다 수월하게 수아제트를 쓰러트릴 수 있을 터였다.

시우는 기대에 부풀어 테트라를 찾아갔다.

리카에게는 테트라의 위치에 대한 기억이 없었으므로 테트라를 찾기 위해 한참을 헤매야 했지만 시우는 마침내 테트라를 찾을 수 있었다.

그러나 그곳은 이미 폐허가 된 지 오래였다.

시우는 어딘지 낯익은 광경에 말을 잊었다.

무너지고 박살나고, 마치 수아제트와 아이시크의 습격을 받은 제페스의 모습과 닮아 있었다.

아니, 마치가 아니겠지. 이것은 수아제트와 아이시크의 솜씨였다.

시우는 무너져 내린 건물의 벽을 쓰다듬으며 거기에 담긴 마력을 읽어낼 수 있었다.

콰앙! 구구궁.

시우는 분노를 참지 못하고 벽에 주먹을 내질렀다.

이미 약해질 대로 약해진 건물이 그 충격에 무너져 내렸다.

아무리 포스칸들이 호전적이라고 해도 드래곤들의 정신 마법과 시간 동결 마법에는 속수무책이었을 것이다.

시우는 흥분을 가라앉히고 생각을 정리했다.

아무리 알덴브룩이 임펠스와 전쟁을 일으켰다고 하나 인간 사회에서 한 발짝 떨어져 생활하는 포스칸들의 마을마저 공격할 이유는 없었다.

이미 제국주의와 함께 파일로스 교단을 국교로 선포해 전 대륙의 인간들을 적으로 돌린 마당에 포스칸들까지 공격하여 유사인종들마저 적으로 돌릴 필요는 없기 때문이었다.

정말 영리한 행동이라면 유사인종들을 회유해서 도움을 받아내야지 포스칸을 폭력으로 굴복시켜 지배하려고 해서는 안 되었다. 포스칸들이라면 죽을 때 죽더라도 결코 폭력에 굴복할 족속들은 아니었으니까.

그러나 알덴브룩 제국에는 드래곤들이 있었다.

시우는 눈살을 찌푸렸다.

'설마?'

알덴브룩 제국의 전쟁을 위해서 포스칸들을 세뇌하고 세실강을 찍어내려는 속셈일까?

수아제트의 정신 마법이라면 충분히 가능한 일이었다.

세실강의 가장 중요하고 희귀한 재료인 드래곤 스케일도 살아있는 드래곤의 도움을 받으면 얼마든지 제공을 받을 수 있고 말이다.

시우는 사태가 점점 심각하게 돌아가고 있음을 인지할 수 있었다.

지금까지는 수아제트만 쓰러트리고 세리카만 구해낼 수 있다면 드래곤들이 연합을 이루든 전쟁을 일으키든 상관이 없다고 생각했다. 그러나 그렇게 세리카를 구출해낸다 하더라도 같이 살 삶의 터전이 없어진 뒤라면 아무 의미가 없었다.

시우가 바라는 것은 평온한 삶, 오직 하나 뿐이었다.

만약 그것을 방해하는 것이 있다면 시우는 그것이 제국이든 드래곤이든 부숴버릴 각오가 되어 있었다.

✤

주변의 약소국가들을 흡수하고 그들의 상납금으로 상당수의 드래곤 하트를 확보한 알덴브룩 제국은 한계를 모르고 덩치를 불려나갔다.

그 크기는 무려 4개의 왕국이 연합해 만들어진 반 알덴브룩 연합을 넘어갈 정도였고 드래곤 하트의 숫자도 결코 밀리지 않았다.

거기에 더해 드래곤들의 지원으로 수많은 마법병기를 운용하며 군사력을 충당하는 알덴브룩 제국의 진격을 막아설 국가는 더 이상 남아있지 않았다.

반 알덴브룩 연합에서 5기의 용기사를 출전시켜 성룡 베네모스, 동족인 드래곤을 사냥한 탓에 광룡이라는 별호가 붙은 수아제트, 그리고 베네모스에게 새롭게 회유되어 아이시크의 빈자리를 차지한 드래곤 브로딕스를 처치하려 했지만 알덴브룩 제국 소속의 용기사도 이미 4기나 되는 마당이었기 때문에 반 알덴브룩 연합은 허망하게도 패배하고 말았다.

이로써 헤카테리아 대륙을 삼등분한 남부의 땅은 전부 알덴브룩 제국의 아래에 놓였다.

이 소식을 접한 헤카테리아 북부의 국가들은 이 소식을 접하고 반 알덴브룩 연합에 병력을 지원해주고 싶었지만 거대한 열대우림으로 이루어진 헤카테리아 중부를 뚫고 병력을 지원할 수단이 마땅치가 않았다.

북부의 실질적인 지배자라 할 수 있는 페르시온 제국 내에서도 용기사만이라도 지원해주어야 한다는 주장도 나왔다. 그러나 그 주장에 반대되는 의견도 끊이지 않았다.

아무리 대륙의 분위기가 알덴브룩의 만행에 대항해 힘을 합쳐야 한다는 흐름을 보이고 있다고는 하지만 그와 대비적으로 페르시온 제국의 군사력이 약해지기만을 호시탐탐 기다리는 국가들도 있었기 때문이었다.

반 알덴브룩 연합으로 지원을 간 용기사들이 무사하리라는 보장도 없을뿐더러 용기사들의 부재를 노리고 주변 국가에서 도발을 하거나 전쟁을 선포할 수도 있는 일이라 아무래도 민감한 사안이 될 수밖에 없었던 것이다.

이러한 말다툼은 무려 반년에 걸쳐 이어졌고 그 사이 헤카테리아 남부는 알덴브룩 제국의 차지가 되었다. 간혹 알덴브룩군에 저항하는 레지스탕스의 소식이 들려오기도 했지만 남부 전역이 헤카테리아의 휘하에 놓인 상황이기 때문에 소규모 저항군 따위의 소식에 귀를 기울이는 사람들은 없었다.

시우는 마지막 보루였던 반 알덴브룩 연합국의 정복 소식을 들으며 맥주를 입 안에 털어 넣었다.

"크으~!"

오늘따라 맥주가 썼다.

시우는 포스칸의 마을인 테트라가 드래곤들의 습격으로 엉망이 된 꼴을 확인한 뒤로 헤카테리아 남부 곳곳을 둘러 다니며 리카와 그녀가 소환한 바람의 정령을 통해 루리와 로이, 그리고 리네를 찾아다니는 것에 전념했다.

리카의 기억 속에는 리네가 없기 때문에 시우는 리카가 소환한 바람의 정령들의 기억을 일일이 읽어내야 했다. 그 탓에 시우는 반년이 지난 지금에야 간신히 남부 전역을 둘러볼 수 있었다.

그렇게 되어 알 수 있었던 것은 헤카테리아 남부에는 루리와 로이, 리네가 없다는 사실 뿐이었다.

어쩌면 루리와 로이는 죽었을 수도 있지만 시우는 고개를 저었다. 지금으로서 시우가 기대할 수 있는 것은 루리와 로이가 제대로 도망에 성공해서 헤카테리아 북부로 올라갔다고 믿는 수밖에는 없었다.

어쩌면 리네는 수아제트의 탑으로 끌려갔을 수도 있었지만 아직까지 시우는 수아제트의 탑이 어디에 있는지 찾을 수가 없었다.

제페스에서의 일이 있고 그 뒤로 몇 번이나 알덴브룩군에 점령된 영주성에 침입하여 새롭게 영주가 된 이들을 협박하고 수아제트를 불러보기도 했지만 수아제트는 더 이상 시우의 미끼를 물지 않았다. 대신 인근 영지에서 대규모의 병력을 지원하여 시우를 척살하려 했을 뿐이었다.

그런 사건이 몇 번 반복되자 시우는 알덴브룩군의 병사들에게 굉장한 유명인사가 될 수밖에 없었다.

영지를 제압한 기사단과 마법사단이 거주하는 영주성에 침입해 영주를 인질로 삼는 간담은 적인 알덴브룩군의 병사들도 인정하는 바였다. 게다가 그러한 터무니없는 행동의 이유가 동족인 드래곤마저 사냥하는 광룡 수아제트를 꾀어내기 위해서라는 사실은 공공연한 비밀이었으므로 시우의 명성은 날이 갈수록 유명해지고 있었다.

특히 남부 전역이 알덴브룩 제국 아래에 놓인 지금에 이르러서는 어디를 가든 체슈의 현상수배지가 덕지덕지

붙어있는 것을 확인할 수 있었다.

지금도 시우는 까만 원단의 로브를 입고 후드를 깊게 눌러쓰고 손에는 하얀 장갑까지 낀 상태였다. 검은 머리카락 때문에 자꾸 눈에 띄니 아예 검은 원단의 로브를 구해 후드를 쓰고 다니고, 피부색으로 자꾸 발각이 되니 장갑까지 구해다 끼고 다녔지만 그게 도리어 눈에 띄는 상황이었다.

시우는 마법으로 차갑게 식힌 맥주를 한 잔 더 입안에 털어 넣고 급히 여관을 빠져나왔다.

그 뒤를 시우와 같은 차림의 일행 셋이 따라 나가자 그들을 주의 깊게 지켜보던 몇몇 칼잡이들도 남은 음식을 마다하고 맥주만 급히 털어 마신 후 따라 나왔다.

계절은 바야흐로 겨우내 쌓인 눈이 녹아내리고 새싹이 트기 시작한 봄이었다.

현상금 사냥꾼인 한타는 최고액의 현상수배범으로 유명한 검은 머리 체슈를 발견하고 제 눈을 의심했다. 체슈의 현상금은 100년 드래곤 하트에서 이제는 300년 드래곤 하트까지 올라간 상태였다.

일개 개인이 갖기에는 너무나도 큰 가치를 지닌 현상금. 그런 탓에 시우는 현상금 사냥꾼들 사이에서 우스갯소리처럼 출세를 위한 보증 수표라고 입에 오르내렸다.

그것도 그럴 것이 300년 드래곤 하트라면 국가 수준의 귀중품이었다. 어느 나라에 가서든 상납으로 300년 드래곤 하트를 바치면 고위의 작위를 받을 수 있었으니까.

그것이 아니더라도 돈 많은 영지의 영주나 대상인에게 돈을 받고 판다면 평생, 아니 3대가 떵떵거리며 살 수 있는 돈을 마련할 수 있을 것이다.

물론 우스갯소리가 그렇다는 것이었다. 머리가 제대로 붙어있는 현상금 사냥꾼이라면 현상금이 비싸다는 것이 어떤 의미인지 잘 알고 있을 것이다.

정말 잘 숨어 다니는 놈이거나, 정말로 위험한 놈.

그만큼 붙잡기 힘든 놈이니 현상금이 큰 것이겠지.

물론 경우에 따라서 드물게 의뢰주의 원한이 깊은 탓에 필요 이상의 현상금이 붙는 경우도 있었다. 그리고 체슈에게 현상금을 붙인 이가 다름 아닌 광룡 수아제트라는 사실은 모르는 사람이 없었으니 현상금에 비해 체슈의 실력이 보잘 것 없을 것이라고 추측하는 현상금 사냥꾼들도 더러 있었다.

그러나 거액의 현상금이 붙고 나서 어언 반년, 체슈는 단 한 번도 붙잡힌 적도 없었고 그의 능력에 대해서도 이런저런 소문이 퍼지기 시작했다.

다짜고짜 영주성에 쳐들어가 단신으로 기사단과 마법

사단을 때려잡고 영주를 인질 삼아 광룡 수아제트를 협박했다는 둥의 소문들.

알덴브룩 측에서는 알려지면 좋은 소리는 아니었기 때문에 최대한 통제한 정보였지만 워낙 많은 병사들이 알고 있는 사실이라 흘러나간 이야기들이었다. 적어도 시우의 척살 임무에 동원된 병사들이라면 누구나 알고 있는 이야기였으니까.

터무니가 없었다. 대부분의 현상금 사냥꾼들이 그 소문을 접하고 웃음을 터트렸다. 그만큼 허황된 이야기였기 때문이었다.

알덴브룩에서 통제하는 정보였기 때문에 진상을 확인할 길도 없으니 그러한 반응은 유독 강했다.

한타도 체슈의 소문에 대해서는 회의적으로 생각하는 현상금 사냥꾼 중 한 명이었다. 물론 거액의 현상금이 붙고도 아직까지 붙잡히지 않았다는 사실이 그의 실력을 입증하는 것과 같았지만 아무리 그래도 너무 과한 소문이었으니까.

그렇다고 아무런 준비도 없이 체슈를 사냥할 생각은 없었다.

상대는 무려 300년 드래곤 하트가 현상금으로 걸린 현상수배범이었으니까.

현상금 사냥꾼이란 목숨을 하찮게 여기기로 유명한

용병들보다도 사망률이 높은 직업이었다. 그런 직종에서 오랫동안 살아남기 위해선 준비성이 철저해야만 했다.

한타는 가장 먼저 체슈가 머무는 여관을 확인해두고 평소 은혜를 입혀둔 믿을 수 있는 놈들로 파티를 꾸몄다. 그리고 다시 여관을 찾아가 종업원을 회유해 놈의 맥주에 독을 타도록 시켜뒀다.

한타의 경험상 아무리 실력이 뛰어난 놈이라도 결국 독에는 당해내지 못했다. 혹시라도 놈의 동료 중에 술을 마시지 않는 이가 있을까 염려해 동료를 모아왔지만 결국 한 놈을 제외한 모두가 독을 탄 술에 입을 대었다.

한 방울이면 카스탄도 꼼짝없이 마비된다는 암살 거미의 독을 두 병이나 나눠 마셨으니 제아무리 뛰어난 실력자라도 해독약이 없으면 꼼짝없이 당할 수밖에 없을 것이다. 게다가 유일하게 술을 마시지 않은 놈은 키와 덩치로 보아 굉장히 어려 보였으니 한타는 일이 생각보다 잘 돌아간다고 생각했다.

이렇게 될 줄 알았다면 혼자서 일을 치를 걸 하고 후회도 되었지만 사람 일이라는 것이 어떻게 돌아갈지 미리 아는 수는 없는 법이니 한타는 미련을 버렸다. 정 마음에 안 들면 모든 일이 끝난 후에 수하들을 독살하고 현상금을 독차지하면 될 일이었다.

시우는 자신을 노리는 현상금 사냥꾼이 있다는 것을 마을에 들어서자마자 깨달았지만 신경을 끄고 있었다. 그러다 맥주를 마시는 순간 떠오른 알림창에 한숨을 푹 내쉬었다.

띠링!

[암살 거미의 독에 중독되었습니다. 지속적인 피해를 입습니다.]

[상태이상 마비에 빠집니다.]

함께 술을 마신 소라와 리나를 돌아보니 그녀들도 손이 저리기 시작했는지 놀란 표정을 짓고 있었다.

시우는 놈들이 맥주에 독을 탔다는 사실을 깨달았지만 아무런 거리낌도 없이 그것을 입안에 털어 넣고 여관을 빠져나왔던 것이다.

사람이 많은 곳에서 소란이 일어나서 시우에게 좋을 것은 없었으니까.

시우가 서둘러 영지를 빠져나오자 한타는 그야말로 행운의 여신 엘라가 자신을 돌본다고 생각하며 모습을 드러냈다.

"멈춰라. 현상수배범 검은 머리의 체슈! 너를 살인, 강도, 강간, 폭행 및 헤아릴 수 없이 많은 죄목에 입건하여 체포하겠다!"

상대에게 굳이 경고를 하다니, 그것은 평소의 한타
라면 결코 하지 않을 행동이었지만 상대가 이미 마비
독에 당했다는 사실을 잘 아는 한타는 마음껏 기분을
내고 있었다.

시우는 먼저 소라와 리나의 상태부터 확인했다. 독이
제법 많이 돌았는지 그녀들은 서있는 것도 힘겨운 모양
이었다.

시우는 앞길을 가로막은 한타 일행에게는 눈길도 주
지 않은 채 소라와 리나에게 손을 뻗어 주문을 외웠다.

"[모든 상태이상 효과를 회복한다. 큐어!]"

그러자 번쩍하고 빛이 솟아나더니 소라와 리나, 그리
고 시우의 상태가 호전되었다.

몸을 마비시키고 있던 독을 완전히 해독시킨 것이었
다.

그러한 일련의 과정을 지켜본 한타는 상황이 뭔가 이
상하게 돌아가고 있음을 직감했다. 한타가 쓴 독은 마비
독이었다. 일반적인 독의 경우 사제나 마법사가 회복 마
법으로 생명력을 회복하며 어느 정도 버틸 수 있음을 알
기 때문에 굳이 구하기도 어려운 마비독을 쓰는 것이다.

성법이나 마법으로 생명력을 회복해 본들 독을 해독
하지 못한 이상 마비된 몸을 움직일 수는 없으니까. 그
러나 시우의 주문으로 빛이 터져 나오자 비틀거리던 놈

들의 상태가 갑자기 호전되었다.

회복 마법 따위로는 나타날 수 없는 현상이었던 것이다.

한타가 그러한 이상에 눈치를 챈 것에 반해 한타의 수하들은 눈치가 없었다.

"멍청아! 너희가 마신 맥주에는 몸을 마비시키는 효과가 있는 암살 거미의 독을 타났다! 회복 마법이나 성법 따위로는 아무런 효과가 없다고!"

"크하하! 검은 머리의 체슈를 우리 손으로 붙잡다니!"

시우는 어깨를 으쓱하더니 패용하고 있던 리네를 뽑아들었다.

마비독에 당했다고는 생각하기 힘든 여유롭고 자연스러운 동작이었다.

한타는 그제야 의심을 확신으로 바꾸고 즉시 등을 돌려 도망가기 시작했다.

무슨 수를 썼는지는 알 수 없지만 놈은 이미 암살 거미의 독을 해독한 상태였다.

어쩌면 그동안 말로만 듣던 세일라의 대주교급 성법인지도 몰랐다.

한타는 현상수배범을 붙잡을 때 검의 실력보다는 독에 의존하는 경향이 강했다. 그 탓에 동료들은 항상 그러다 독이 통하지 않는 상대가 나타나면 어쩔 거냐고 경고를 했었다. 한타는 그런 인간이 어디 있냐며 동료들의 경고를 흘려들었지만 그때 언급되었던 존재 중 하나가 바로 세일라 교단 소속의 대주교였다.

생명의 여신인 세일라의 교단에서 고위 귀족인 후작위와 동등한 취급을 받는 대주교라면 해독 성법을 통해 암살 거미의 독이라도 해독할 수 있다는 소리를 귀에 딱지가 앉도록 들어왔으니 한타가 시우의 마법 스킬을 성법으로 착각하는 것도 무리는 아니었다.

그러나 지금 이 순간 한타에게 해독의 방법에 대해선 중요한 것이 아니었다. 정말 중요한 것은 놈들이 해독에 성공을 했다는 사실 뿐이었다.

한타는 아우라까지 피워 올리며 전력을 다해 도주했지만 붙잡히는 것은 한순간의 일이었다. 시우 일행 중 한타가 가장 만만하게 생각했던 에리카가 한타를 추월해 제압했던 것이다.

그동안 후드를 눌러쓰고 있던 것이 답답했는지 후드를 벗어버린 에리카의 얼굴을 확인한 한타는 스스로의 실력에 대해 회의감이 들었다. 고작해야 열에서 열둘의 나이로밖에 보이지 않는 어린 소녀에게 저항 한 번 제대로 못해보고 제압을 당했으니 당연한 일이었다.

한타는 아직 어린 에리카의 모습에 그녀의 방심을 기대했지만 기대의 눈빛을 띠운 것만으로 한타를 겨눈 작은 손에서 방대한 아우라가 솟아나는 걸 보고 탈출을 포기했다.

혹여 한타가 에리카의 방심을 틈타 탈출에 성공한다 하더라도 역량의 차이는 역력했다.

에리카의 손길에 끌려온 한타는 이미 제압되어 무릎을 꿇어앉은 동료들의 모습을 볼 수 있었다.

시우는 한타도 그들과 함께 줄줄이 꿇어앉혔다.

너희는 누구냐, 왜 독을 써서 붙잡으려 했느냐 하는 귀찮은 수순은 필요가 없었다. 지난 반년 간 한타와 같은 의도로 시우 일행을 습격한 현상금 사냥꾼들의 수는 헤아릴 수 없을 만큼 많았다.

"돈주머니."

시우가 한 마디 내뱉자 고개를 푹 숙이고 있던 현상금 사냥꾼들이 무슨 소린가 하고 고개를 들었다.

"돈주머니 내놓으라고. 설마 선량한 시민에게 독을 먹이고 아무런 대가도 없을 거라고 생각한 것은 아니겠지?"

시우의 말에 현상금 사냥꾼들은 주섬주섬 돈주머니를 꺼내 놓았다. 극악무도한 최고 거액의 현상수배범에게 선량한 시민이라는 수식어는 어울리지 않았지만 그 사실을 지적하는 현상금 수배범은 아무도 없었다. 단지 그 중 한 놈이 독이 묻은 암기를 꺼내들어 던지려했으나 간단히 제압당했을 뿐이었다.

시우는 제법 무거운 돈주머니를 헤아려보았다. 적어도 이놈들은 먹을 것에 곤란한 놈들은 아닌 모양이었다.

하긴 시우 일행에게 먹인 암살 거미의 독만 해도 제법 값나가는 물건이었으니 돈이 궁해서 시우를 노린 놈들이라고는 생각하기 힘들었다.

"검술."

시우가 이내 내뱉은 말에 현상금 사냥꾼들은 재차 의문어린 표정을 지었다.

돈주머니는 그렇다 치고 저건 무슨 의미로 내뱉은 말이란 말인가?

"너희 무슨 검술 배웠냐고. 왼쪽부터 차례로 말해봐."

시우의 말에 현상금 사냥꾼들은 영문도 모른 채 자신들이 배워온 검술의 이름을 늘어놓아야만 했다.

시우는 그들이 배운 검술 이름을 전부 듣고 한숨을 내쉬었다.

놈들이 배운 것은 전부 기초적인 수준의 하급 검술들이었다. 돈만 내면 영지의 검술관에서 얼마든지 배울 수 있는 흔한 검술들.

시우는 지난 반년 사이 새로운 검술을 다섯 종류나 배웠다.

전부 시우 일행을 공격해온 현상금 사냥꾼들을 통해 배운 검술들이었다.

검술이라는 것이 많은 종류를 익혀둔다고 무조건 좋은 것은 아니었지만 주력으로 사용하는 검술의 실력이 떨어지지 않는 한도 내에서 새로운 검술을 익혀두면 유익한 것이 많았다.

시우는 스스로에게 부족한 두 가지를 첫째로 최대 마력량을 뽑고 둘째로 실전적인 검술의 실력이라고 생각했기 때문에 되도록 많은 검술을 배우고자 했던 것이다.

사실 지금의 시우라면 검술 실력의 고하를 막론하고 초월적인 아우라의 출력과 강인한 육체능력에서 나오는 파괴력으로 적을 제압하는 것이 가능했다.

아니, 원력을 동원할 필요까지도 없었다. 무려 430포인트나 되는 순발력 스탯에서 기인하는 반응속도로 상대의 공격을 전부 피해내고 420포인트나 되는 근력 스탯에서 기인하는 공격력으로 적을 무너트린다. 설사 상대의 공격을 허용한다 하더라도 595포인트나 되는 체력을 가진 이상 서툰 공격 따위에는 생채기조차 생기지 않았다.

실제로 방어구 없이 맨살에 화살을 맞아도 튕겨낼 정도의 기본 방어력을 확보한 상태였다.

그러나 시우는 조금이라도 실력 증진에 도움이 될 만한 것은 어떤 것이든 가리지 않았다.

시우는 리네를 다시 뽑아 들었다.

그 모습에 현상금 사냥꾼들의 눈빛에 절망이 내려앉았다. 시우가 칼을 뽑은 모습에 이대로 죽게 될 거라는 생각이 든 탓이었다.

그러나 시우에게 놈들을 죽일 생각은 없었다.

시우는 리네에 방대한 원력을 불어넣고 그것을 휘둘렀다. 그러자 엄청난 기운을 품은 아우라의 검이 현상금 사냥꾼들의 머리 위를 스치고 지나갔다.

아찔한 순간이었다. 5명의 현상금 사냥꾼 중 3명이 똥오줌을 지리고 전원이 넋을 잃었다. 시우의 검에 담긴 원력은 그 정도로 강력한 기운을 품고 있었다.

그 순간 현상금 사냥꾼들의 뒤로 나무 쓰러지는 소리들이 들렸다.

푸드드드득! 쿠구궁.

겨우 정신을 차린 현상금 사냥꾼들은 뒤를 돌아보고 얼굴이 파랗게 질려버렸다.

현상금 사냥꾼들의 후방으로 무려 반경 50미터에 이르는 나무들이 전부 베여 쓰러졌기 때문이었다.

그들의 겁먹은 모습에 만족한 시우는 고개를 주억거리며 말했다.

"일어나. 그리고 도망가. 다시는 내 눈에 띄지 않는 것이 좋을 거야. 그리고 널리 소문을 퍼트려. 체슈는 검은 머리라고 불리는 걸 싫어한다고. 그리고 체슈의 실력이 어떠한지에 대해서 말이야."

시우의 말에 현상금 사냥꾼들은 정신없이 바닥을 기다가 겨우 몸을 일으킬 수 있었다. 기회를 줄 때 도망을 가야한다는 강박관념에 두 발로 걷는 법도 잊은 듯한 모습이었다.

"항상 있는 일이지만 저렇게 놓아줘도 되는 거야?"

소라의 질문에 시우는 고개를 끄덕였다.

"어차피 놈들의 실력으론 우리를 어쩌지 못하니까. 무엇보다 놈들이 우리의 실력에 대해서 소문을 퍼트려주면 덤벼드는 놈들의 수도 줄지 않겠어?"

"그런 기대에 비해서 효과는 별로 없는 것 같지만요. 실제로 악명은 날이 갈수록 드높아지지만 덤벼드는 현상금 사냥꾼들은 전혀 줄어들지가 않잖아요."

시우는 에리카의 지적에 쓰게 웃고 말았다. 에리카의 말이 사실이었기 때문이었다.

이미 현상금 사냥꾼들을 골려주고 놓아주는 작업을 몇 번이나 반복했지만 기껏해야 돌아오는 것은 검은 머리 체슈는 악마니 어쩌니 하는 소리들뿐이었기 때문이었다. 그런 소문이 났으면 덤벼드는 현상금 사냥꾼들의 수가 줄어들 법도 한데 말이다.

그것은 워낙 시우의 실력이 뛰어난 탓에 체슈라는 인물을 경험한 현상금 사냥꾼들이 직접 겪은 일을 사실대로 말해도 사람들이 믿어주지 않았기 때문에 생긴 일들이었지만 시우는 도무지 영문을 알 수가 없었다.

"더 이상 이곳에선 머물지 못하겠네. 이렇게 된 이상 다음 목적지로 이동할까."

시우의 말에 리나가 한숨을 푹 내쉬었다.

"이번 목적지는 어디냐. 우리 리카 타고 이동하면 안 되냐?"

시우는 지도를 꺼내들며 고개를 끄덕였다.

"좋아. 이미 헤카테리아 남부는 탐색이 끝났으니까 리카를 타고 이동해도 상관은 없겠지. 다음 목적지는……."

시우는 삼등분된 헤카테리아 대륙의 윗부분을 짚었다.

"…북부로 가자."

남부에 루리와 로이가 없음을 파악했기에 내린 결단이었다.

또한 시우도 알덴브룩 제국에 대항하기로 마음먹었기 때문에 내린 결단이기도 했다.

성룡 베네모스의 목적은 인간이 이룬 사회를 파괴하고 그 자리에 드래곤들을 위한 사회를 구축하는 것. 그 사실을 깨달은 이상 시우도 더 이상 방관만 할 수는 없었다.

물론 알덴브룩 제국의 대항마인 페르시온 제국의 도

움을 받는다면 조금 더 수월하게 수아제트를 상대할 수 있을지도 모른다는 기대감도 가지고 있었다.

어쩌면 알덴브룩 제국에 침투한 페르시온 제국의 첩자에 의해 수아제트의 탑이 어디에 있는지 알 수 있을지도 몰랐다.

시우는 일행과 함께 리카에 올라타며 한숨을 푹 내쉬었다.

수아제트에 대한 소문이 끊이지 않고 들려오고 있었다.

동족인 드래곤을 사냥해 드래곤 하트를 축적하고 있다는 소문. 출력과 통제력의 영향을 생각하면 드래곤 하트를 많이 소유한다고 무조건 강해지는 법은 아니었지만 수아제트를 상대하는 것이 보다 어려워 진 것에는 틀림이 없었다.

시우는 수아제트의 방대한 마력에 대항할 능력이 간절했다.

시우는 품속에서 아이시크의 드래곤 하트를 꺼내들었다.

처음에는 드래곤 소드를 만들어 장착하려고 생각했던 물건이었다. 그러나 지금은 그런 것보다도 드래곤 하트를 이용해 최대 마력량을 늘릴 방법이 없나 연구를 거듭하고 있었다.

시우는 아이시크의 드래곤 하트를 든 손에 원력을 끌어 모았다. 그러자 드래곤 하트에서 시우의 원력에 대항해 이질적인 아우라가 피어올랐다.

Respawn

NEO FUSION FANTASY STORY & ADVENTURE

27장.

망국의 공주

리스폰

    아우라, 원력이란 영혼에서 기인하는 힘이다. 이 사실에 대해서는 익시더들도 잘 알지 못했다.

    기껏해야 원력이라는 힘에 뛰어난 능력을 보이는 알테인이나 대륙에서도 내로라하는 실력자들만이 영혼과 어떠한 관계가 있지 않을까 추측을 할 뿐이었다.

    그런 관계로 드래곤 하트를 아우라로 자극하면 드래곤 하트 고유의 아우라가 솟아나온다는 사실을 이상하게 여기는 사람은 몇 존재하지 않았다.

    단지 '아우라로 자극했더니 아우라가 나오더라.' 하는 연구 결과만이 널리 알려졌을 뿐 그 원인에 대해 명확히 파악하고 있는 사람은 없었던 것이다.

그러나 원력이라는 힘이 영혼과 깊은 연관이 있음을 잘 아는 시우로서는 드래곤의 사체에서 나온 부산물 따위에서 아우라가 솟아나온다는 사실을 매우 기이히 여겼다.

그것도 그럴 것이 드래곤은 이미 죽었는데 왜 원력이 남아있단 말인가? 설마하니 드래곤이 죽어서도 그 영혼은 드래곤 하트에 남아있다는 걸까?

시우는 그 가설이 매우 찜찜했지만 드래곤 하트의 마력을 뽑아내 체내에 흡수하기 위해선 그 원인에 대해 파악하는 것이 급선무라는 생각이 들었다.

그래서 시우는 드래곤 하트의 마력이 모두 회복된 후로도 그것을 아이템창에 넣지 않고 목걸이로 만들어 차고 다녔던 것이다.

시우는 아이시크의 드래곤 하트를 다시 품속에 집어넣고 정신을 집중했다.

조금만 더하면 손에 넣을 수 있을 것 같았다.

드래곤 하트에 잠재된 막대한 마력을…….

리카는 매우 안정적이고 빠른 속도로 시우 일행을 나르고 있었다. 그 속도는 시우 일행을 보호하면서도 음속에 비견될 정도였고 이 속도를 계속 유지한다면 불과 6시간이 걸리지 않아 헤카테리아 대륙 중부를 통과할 수 있을 것 같았다.

대륙의 중부는 남북 최단 거리만 약 4,000킬로미터에 이르는 거대한 열대우림으로 이루어져 있었다. 숲 속에는 시우도 겪어보았던 독의 주인인 암살 거미부터 해서 수많은 독충을 시작으로 까다로운 생물들이 살고 있었다.

환각 증세를 일으키는 식물, 먹어선 안 되는 향기로운 열매, 기기괴괴한 몬스터들.

게다가 알테인들의 거처라도 가로지르는 경우엔 쥐도 새도 모르게 목숨을 잃어버릴 수도 있었다. 기척을 숨긴 채 숨통을 끊어버리는 숲지기들을 감지할 수 있는 자는 얼마 되지 않았다.

물론 나무의 정령과 땅의 정령을 비롯한 수많은 정령들이 알테인의 숲을 지키고 있기 때문에 알테인의 숲을 찾기 전에 길을 잃는 경우가 먼저였지만, 중부의 숲에서 길을 잃는다는 것은 목숨을 잃는다는 것과 같은 뜻이었으니 결과는 다르지 않았다.

이곳을 통과하기 위해서는 중부 동쪽과 서쪽의 바다를 통해 배를 타고 빙 돌아 이동하거나 이 열대우림을 가로지르는 거대한 강, 이너미티 강에 배를 띄워 이동하는 수밖에는 없었다.

물론 그 외에도 시우처럼 날아서 이동하거나 공간이

동 마법을 이용하는 방법도 있었지만 엄청난 마력을 소모하는 방법이었다.

적어도 20년 동안 마법을 배운 정식 마법사도 날아서 중부를 이동하려면 동행이나 짐 없이 마력을 전부 소모해야 간신히 건널 수 있을 정도였으니까.

공간이동 마법은 말할 것도 없었다. 공간이동 마법은 방대한 마력을 소모하는 만큼 드래곤들의 전유물이었다. 때문에 공간이동 마법을 위해서는 드래곤 하트가 반드시 필요했으니 어지간히 중요한 일이 아니고서는 중부를 넘어 이동하는데 공간이동 마법은 쓰이지 않았다.

간혹 쓰인다 하더라도 공간이동 마법 한 번에 이동할 수 있는 인원은 1,000명도 채 되지 않으니 북부와 남부 사이에 전쟁이 일어난 경우는 극히 드물었다.

그런 악명 높은 중부 지역을 이토록 편하고 간단하게 건널 수 있다는 것은 굉장한 일이라 할 수 있었다.

그러나 시우는 리카를 탄지 채 1시간도 지나지 않아 엄청난 폭발을 감지할 수 있었다. 딱히 폭발음이 들리거나 화염 기둥이 보인 것은 아니었지만 시우의 마력 감지 능력에 잡힌 폭발은 대단히 강력한 것이었다.

아마 마력으로 일으킨 폭발로 생각되었는데 시우는 그 폭발에서 어딘가 익숙한 느낌이 들었다.

"리카 잠깐 멈춰봐."

시우는 리카를 시켜 이동을 멈췄다.

원래라면 아무리 폭발을 감지했다 하더라도 이동을 멈추는 일은 없었겠지만 기묘하도록 익숙한 감각에 시우는 신경을 끌 수가 없었다.

잠시 후 시우의 감각으로 다시 폭발이 감지되었다.

시우는 이번에야 말로 그 폭발의 정체를 알아챌 수 있었다.

'이건 파괴 마법?'

마력의 네 가지 속성 중 소리의 속성을 이용한 물체를 파괴하는 마법. 그 중에서도 이것은 파괴 마법을 폭발의 형태로 이용하는 소리 폭탄이 틀림없었다.

시우는 그것을 파악하고 기묘한 표정을 지었다.

소리로 물체를 파괴한다는 생각은 시우처럼 현대의 과학 관념을 가지지 않은 이상 떠올리기 쉬운 일이 아니었다. 때문에 시우는 이 넓은 헤카테리아 대륙에서도 이 마법을, 그리고 마석으로 소리 폭탄을 만들 수 있는 것도 자신이 유일하다 생각하고 있었다.

그런데 이런 깊은 오지에서 자신의 전유물이라 생각했던 마법의 흔적을 찾았으니 흥미가 생기지 않을 수 없었다.

"저쪽으로 가보자."

시우는 소리 폭탄의 흔적을 찾아 그 뒤를 쫓기 시작했다.

어차피 리카의 능력이면 중부의 열대우림 따위는 수시간 만에 건너는 것이 가능했다. 잠깐의 탈선 정도는 아무 상관없었다.

그곳에서 발견한 것은 두 개의 집단이었다.

한 집단은 요인을 호위하는 형상으로 도망을 치고 있었고 다른 한 집단은 그 뒤를 쫓고 있었다. 하지만 그 수에서 아주 큰 차이가 나고 있었다.

도망을 치는 무리는 기껏해야 열 명 남짓한 인원수인데 반해 추격자들의 수는 수십을 넘어 백에 가까운 숫자였다. 도망자들은 간간히 한 명씩 뒤에 남으며 추격자들의 발길을 붙잡는 방법으로 가까스로 도망치고 있었다.

물론 고작 한 명이 뒤에 남는다고 해서 백 명이나 되는 추격자들을 전부 막을 수는 없었지만 그들에겐 매우 강력한 무기가 있었다.

터어엉!

쇠를 두들기는 듯한 친숙한 폭발음에 시우가 눈을 동그랗게 떴다.

스스로 희생하여 뒤에 남은 도망자 한 명이 품속에서 마석을 꺼내 던졌는데 그것이 바로 시우가 느꼈던 소리 폭탄의 정체였기 때문이었다.

추격자들은 그가 던지는 소리 폭탄에 걸음을 멈추고 크게 돌아 도망자들을 추격해야만 했다. 뒤에 남은 도망자는 최대한 시간을 끌기 위해 온몸에 원력을 끌어올리며 소리 폭탄을 투척했지만 이내 모두 소모했는지 추격자의 검에 찔려 목숨을 잃고 말았다.

도망자들은 그 희생으로 인해 겨우 약간의 시간만을 벌 수 있었다.

추격자들이 꽁무니에 바짝 따라붙자 또 한명의 도망자가 뒤에 남아 추격자들의 걸음을 가로막았다. 도망자들의 스스로 목숨을 던져 바치는 희생정신은 대단한 것이었지만 수적인 차이가 너무 컸다. 목숨을 희생해가면서 겨우 시간벌이밖에 못하는 상황이었으니 결과는 눈에 훤했다.

"도와줘야 되는 거 아니냐?"

리나의 말에 시우는 인상을 찌푸렸다.

"어째서?"

시우의 질문에 리나는 조금 당황한 표정이었다.

"아니, 평소의 체슈라면 구해주려고 하지 않을까 생각했냐."

리나의 말에 시우는 깊은 한숨을 내쉬었다.

그야 평소 같았으면 시우는 앞뒤 잴 것 없이 뛰어들어 쫓기는 사람들을 구해줬을 것이다.

그러나 이 경우에는 조금 달랐다.

도망자들은 목숨을 초개같이 던지며 스스로 희생하고 추격자들은 소리 폭탄에 막대한 피해를 입으면서도 악착같이 도망자들을 쫓고 있었다.

도망자들을 돕는 것은 좋으나 무력시위 따위로는 추격자들의 마음을 돌리기 어려워 보이는 광경. 즉, 도망자들을 도와주기 위해선 추격자들을 전멸시킬 수밖에 없는 상황이었다.

전멸이란, 즉 살인을 뜻했다.

시우는 필요하다면 얼마든지 사람을 죽일 준비가 되어 있었지만 꼭 필요한 것이 아니라면 피하고 싶은 것도 본심이었다. 그런데 일면식도 없는 사람들을 돕자고 백여 명에 달하는 사람들을 죽이자니, 가능하냐 못하냐의 능력적인 측면은 둘째 치고 감정적인 면에서 결코 내키지가 않았던 것이다.

그런 시우의 기분을 아는 것인지 더 이상 리나는 아무런 말도 하지 않았다. 다만 에리카가 조마조마한 표정으로 아래를 내려다보다가 간절한 표정으로 시우를 바라봤을 뿐이었다.

"오빠……!"

도망자들의 수는 이미 다섯까지 줄어있었다. 안타까운 마음에 터져 나온 에리카의 음성에 시우는 마음이 흔들리는 것을 느낄 수 있었다.

"아, 정말!"

시우는 머리를 마구 헝클어트리고는 리카가 만든 바람의 장벽을 깨고 뛰어내렸다. 에리카가 불안해하는 목소리에 마음이 흔들리기는 했지만 사실 시우가 여기에 끼어든 이유는 그것뿐이 아니었다.

저들이 입은 갑옷, 도망자들도 추격자들도 어떤 기사단에 소속된 듯 갑옷을 입고 있었는데 특히 추격자들이 입고 있는 갑옷이 시우의 눈에 들어왔던 것이다.

그들의 가슴에는 알덴브룩 제국의 소속임을 나타내는 마크가 찍혀 있었다. 수아제트와 손을 잡은 알덴브룩의 기사라면 시우의 적이라 해도 과언이 아니었다.

시우가 뛰어내리는 사이 도망자 한 명이 소리 폭탄을 이용해 자폭을 했다. 도망자들의 수는 이제 넷밖에 남지 않았다.

시우는 상태창을 열어 칭호를 드래곤 슬레이어로 변경했다.

그러자 시우의 몸에서 엄청난 존재감이 뿜어져 나왔다.

갑작스런 시우의 등장에 도망자들도 추격자들도 행동을 멈추고 눈치를 보기 시작했다.

시우는 겨우 걸음을 멈춘 도망자들을 바라보며 말했다.

"내가 너희를 도와야할 이유를 한 가지만 말해봐. 합당한 이유가 있다면 저들을 처리해주지."

시우의 말에 도망자들과 추격자들은 당황스런 표정을 지었다.

그가 도대체 누구기에 누굴 돕고, 누굴 처리한단 말인가?

그때 추격자 측에서 시우를 알아보는 사람이 나왔다. 리카에서 뛰어내린 탓에 후드가 벗겨졌기 때문이었다.

"저, 저자는! 검은 머리의 체슈!"

놈의 비명에 가까운 고함에 추격자들이 긴장하기 시작했다.

그것은 도망자라고 다르지 않아서 요인을 지키던 세 명의 익시더들이 앞으로 나서며 검을 뽑아들었다.

검은 머리의 체슈라고 하면 남부 전역의 현상수배지에서 찾아볼 수 있는 극악무도한 범죄자로 유명했으니 실상을 모르는 도망자들이 경계를 하는 것은 당연했다.

하물며 검은 머리의 체슈는 사람 목숨을 벌레처럼 여기는 악마에 여자라면 사족을 못 쓰는 호색한이라고 악의적인 소문도 퍼지고 있었으니 도와준다는 단순한 말에 경계를 풀 수는 없는 일이었다.

추격자들, 알덴브룩군 정벌본대 소속 5개 기사단을 통합하는 기사단장 호튼은 전혀 예상치 못했던 강적의 등장에 크게 긴장하고 있었다.

"도대체 검은 머리의 체슈가 왜 이런 오지에?"

호튼의 말에 시우의 눈썹이 꿈틀거렸다.

"그 검은 머리라는 호칭 좀 어떻게 할 수 없어? 아무튼 나야 남부에서 볼일 다보고 하도 현상금 사냥꾼들이 극성이라 북부라면 좀 나을까 해서 날아가던 중 여길 발견했지."

실상은 북부의 페르시온 제국과 손을 잡고 알덴브룩 제국을 정벌할 생각이었지만 아직 저들을 죽일지 살릴지 정하지도 않은 마당에 그런 것까지 말해줄 필요는 없었다.

"그것보다 너희들, 아직도 생각 중이야? 뭐 아무거나 없어? 내가 너희를 도와야할 이유."

시우의 재촉에 도망자들은 도무지 갈피가 잡히지 않는 모양이었다. 그러나 그들을 쫓던 알덴브룩군 기사단들의 눈치를 보아하니 저 검은 머리의 현상수배범에게는 충분히 이 상황을 타파할 능력이 있는 모양이었다.

익시더들의 보호를 받고 있던 요인이 그들을 제치고 모습을 드러냈다.

그는, 아니 그녀는 후드를 깊게 눌러써 모습을 감추고 있었는데 후드를 벗자 아름다운 용모가 주변을 환하게 밝히는 듯했다. 그녀의 외모는 그 정도로 아름다웠다.

밝은 금발에 잡티 하나 없는 피부, 오뚝한 콧날과 앵두 같은 입술, 두 눈은 초롱초롱 별빛을 가져다 박아 넣은 듯했다.

"저, 저희는 선량한 시민이에요! 저희는 아무 잘못도 하지 않았는데 저들이!"

시우는 그녀의 말에 허탈한 웃음을 지었다.

선량한 시민이라?

요즘 시민들은 값비싼 갑옷을 입은 익시더들을 호위로 두고 다니던가?

그녀는 어째선지 정체를 숨기기 위해 되도 않는 거짓말을 했지만 사실 그녀들의 정체에 대해서는 시우의 안중에 없었다.

"그런 것 말고. 내가 너희를 도우면 어떤 이득이 있느냐는 소리지."

시우의 말에 소녀는 잠시 당황하여 고민했다.

검은 머리의 체슈라고 한다면 그녀도 잘 아는 인물이었다. 대외적으로는 극악무도한 범죄자로 알려져 있지만 그에게 현상금을 건 자는 알덴브룩 제국에 협력하는 광룡 수아제트였다. 고작 범죄자를 잡기 위해 드래곤이 직접 나서서 현상금을 걸리라고는 생각하기 힘들었다.

아마 자신들이 알덴브룩 제국에 쫓기는 것처럼 저 사람도 알덴브룩의 뜻에 저촉되거나 거스르는 적일 가능성이 매우 컸다.

"저희가 드릴 것은 없지만, 원수의 원수는 동료입니다. 정 원하신다면 드릴 것은 이 몸밖에는 없습니다."

원수의 원수는 동료, 그가 진정 알덴브룩 제국에 저항하는 인물이라면 그에게 의탁하고 싶은 것이 본심이었다. 그가 정말 단순한 범죄자라 하여도 상관없었다. 지금 당장 그녀가 의지할 수 있는 것은 이 남자뿐이었으니까.

시우는 놀란 표정을 지었다.

그리고 그녀를 지키던 세 명의 익시더, 갑옷을 입은 것으로 보아 기사로 보이는 자들도 화들짝 놀라 언성을 높이고 있었다.

"공ㅈ……!"

말을 하다 말고 시우의 눈치를 본 기사가 말을 바꿨다.

"아리에타님! 말씀을 거둬 주십시오! 아무리 상황이 급하다하나 저 따위 범죄자에게 몸을 맡기다니요!"

그러나 아리에타라고 불린 소녀는 가만히 눈을 감고 고개를 저었다.

"어차피 저들의 손에 잡히면 능욕을 당한 끝에 스러질 목숨입니다. 이 한 몸 바쳐서 이 순간을 모면할 수 있다면……!"

시우는 그녀의 각오에 괜히 마음이 불편해졌다. 공연히 이득 따위를 요구했다가 저런 소리를 들으니 스스로가 속물처럼 느껴졌던 것이다.

'아니, 속물은 맞지만⋯⋯.'

시우는 한숨을 크게 내쉬었다.

바칠 것이 없어 스스로의 몸을 바치겠다는 그녀의 말에 시우는 필요 없다는 말을 하고 싶었지만 그녀들은 알덴브룩군 기사단의 추격을 받는 도중 짐을 모두 잃어버렸는지 정말로 빈털터리처럼 보였기 때문이었다.

여기서 그녀의 제안을 거부하면 더 이상 바칠 것도 없어 보였다.

"좋아. 조금 모자라는 기분이 들지만 그 제안 받아주도록 하지."

시우는 이내 추격자들을 돌아보았다.

"일단은 물어보지만 너희 그냥 순순히 물러날 생각은 없어? 기회를 줄 때 도망치면⋯⋯."

시우는 그들을 놓아주겠다고 제안을 하려 했지만 놈들은 시우가 말을 끝마치기도 전에 대답했다.

"불가!"

어느새 나무 위로 올라갔는지 몇몇 궁병들이 나무 위에서 활을 쏘고 기사들은 아우라를 끌어올리며 검을 휘둘러왔다.

시우는 리네를 뽑아 아우라를 넓게 분포시켜 날아오는 화살들을 막아내고 나직하게 중얼거렸다.

"아, 그래. 그것 참 안타깝네."

시우의 눈에 살기가 떠올랐다.

그리고 펼쳐진 광경은 이루 말할 수 없는 것이었다.

단순한 학살, 일방적인 폭력.

검을 휘두르면 피가 튀고 인간의 육신이 잘려나갔다. 피가 허공에 붉은 수를 놓았으며 신체의 일부가 땅에 떨어져 바들바들 근육을 경련시켰다.

상대가 익시더들 중에서도 고르고 고른 실력자, 기사라는 점은 그에게 아무런 상관도 없는 일이었다.

시우의 검에선 지금까지 본 적도 없을 정도로 찬란한 아우라의 빛이 뿜어져 나오고 있었다. 그리고 대단히 기계적으로 상대 기사단을 토막 내고 있었다.

시우는 결코 손속에 사정을 두지 않았다. 그렇다고 살인에 익숙한 것은 아니었다. 오히려 사람을 죽인다는 행위는 지극히 불쾌해 되도록 상대를 나무토막이나 몬스터 따위로 생각하려고 노력하며 손을 놀리고 있었다.

그러나 검을 휘두를 때마다 터져 나오는 비명은 인간의 것이었고, 시우는 그 비명이 귀를 파고들 때마다 인상을 찌푸렸다.

순식간에 지옥도가 펼쳐졌다.

삼대주교에도 지옥이 있다.

천국은 없지만 환생의 개념도 있다.

사람은 죽어 구슬 형태의 영혼으로 돌아가며 죽음의
여신 베헬라에게 판별 받는다. 구슬의 색, 영혼의 질을
판별하여 더 이상 회생이 불가능할 수준으로 타락하면
폐기 처분을 받게 된다.

그것이 지옥이었다. 영혼을 잘게 썰고 태우고, 그 과
정에 대해서 형용하는 신의 사자는 없었지만 그렇기에
더욱 상상력을 자극하고 있었다.

영혼은 쉽게 스러지는 존재가 아니니 억겁의 시간 동
안 불길에 타오를 것이라느니, 생전에 죄업을 많이 쌓았
기에 고문을 받을 것이라느니, 그 상상에 설득력을 부여
하기 위해 인간들은 실존하는지도 알 수 없는 악마라는
존재까지 상상해냈다.

폐기된 영혼을 담당해 끝없는 절망과 고통을 부여하
며 영혼을 갈기갈기 찢어내는 존재 말이다.

소녀, 페르미온 아리에타는 파랗게 질린 표정으로 그
광경을 지켜보며 만약 악마가 실존한다면 시우와 같은
형상을 하고 있지 않을까 생각했다.

페르미온 아리에타는 공주다. 아니, 적어도 과거에는
공주였다. 지금도 공주냐고 묻는다면 대답하기 곤란한 질

문이지만 적어도 아리에타는 스스로가 공주라고 생각했다.

아리에타는 임펠스 왕국의 국왕 페르미온 엠프리오의 피를 이은 정통 왕족이었으니까.

문제는 그 국가가 이미 알덴브룩 제국에 의해 멸망했다는 것이지만 아리에타는 망국의 공주도 공주라고 생각했다.

언젠가는 알덴브룩 제국을 몰아내고 임펠스 왕국이 신생하게 될 거라고 굳게 믿고 있었으니까.

그것을 위해서라도 아리에타는 결코 이런 오지에서 죽을 수는 없었다.

임펠스 왕국이 부활하기 위해선 반드시 왕족의 피가 살아있어야 했는데 아리에타 이외의 왕족들은 임펠스의 수도가 함락되던 그 날, 알덴브룩 제국의 손에 의해 목이 달아나고 말았으니까.

전쟁이 일어나던 시점, 사교회의 일환으로 외국에 나와 있던 아리에타는 간신히 목숨을 부지하게 되었다. 아리에타는 임펠스가 함락되었다는 소식에 충격을 받았지만 문제는 그것이 아니었다. 알덴브룩 제국이 드래곤과 연합을 했다는 사실이 전 대륙에 알려지자 아리에타가 몸을 의탁하고 있던 실비앙 왕국이 알덴브룩 제국의 속국을 자처한 것이었다.

알덴브룩 제국에서는 임펠스 왕족의 혈통을 끊기 위해 혈안이 되어 있었고 실비앙 왕국은 그것을 도와 아리에타를 추격하기 시작했다.

다행히도 사교회에서 얼굴을 익힌 귀족가의 여식이 귀띔을 해준 덕분에 군사들이 들이닥치기 전에 몸을 피할 수 있었다.

결국 아리에타는 나라도 잃고 쫓기는 신세가 되어 이곳저곳을 전전해야만 했다.

추격자들을 피해 목숨만을 부지하기 위해 도망 다니는 나날, 아리에타는 무너진 나라와 죽은 가족들을 위해 슬퍼할 여유도 가질 수가 없었다.

그렇게 몸을 피한 끝에 아리에타가 도달한 곳은 반 알덴브룩 연합국이었다.

아리에타는 그들에게 스스로의 정체를 밝히고 합당한 대우와 전쟁에서 승리해 임펠스 왕국의 땅을 되찾을 경우에 대한 왕족의 권한을 요구했지만 그들은 그저 코웃음을 칠뿐이었다.

봉건주의 사회에서 혈통이란 것은 매우 중요하다. 망국의 왕족이 살아남을 경우 해당 국가는 완전히 정복된 것으로 간주되지 않는다. 때문에 망국의 왕족이 강국의 귀족에게 몸을 의탁하게 될 경우 전쟁의 명분과 함께 왕족에 대한 권리를 요구할 수 있었다.

가장 좋은 것은 결혼 등의 수단으로 권리를 양도하여 도움을 받는 것이었다.

특히 공주와 같은 경우 귀족과 결혼을 하게 되면 상대의 성은 바뀌지 않지만 왕족으로서의 권리가 생기기 때문에 땅을 되찾을 경우 왕권을 요구할 수 있게 된다.

나라가 망해 가진 것은 왕족의 피뿐인 그들이 나라를 되찾기 위한 방법은 그것밖에 없었다.

하지만 반 알덴브룩 연합국은 아리에타의 요구를 들은 척도 하지 않았다.

이미 훌륭한 전쟁의 명분도 있었고, 알덴브룩을 물리치고 차지한 땅에 대한 이득은 연합을 맺은 네 개의 왕국에서 나눠가지는 것으로 합의를 본 마당에 그들이 임펠스 왕국의 존속을 인정할 리가 없었기 때문이었다.

누군가 한 명이 왕족의 피를 이은 페르미온 아리에타와 결혼해 되찾은 임펠스 왕국에 대한 권리를 요구할 경우 연합국의 나머지 세 국가를 적으로 돌리게 될 테니 반 알덴브룩 연합국에서 아리에타의 존재는 방해만 될 수밖에 없었다.

혹시라도 전쟁이 끝난 뒤에 타국에 몸을 의탁하여 나타나 임펠스 왕국에 대한 권리를 요구하게 될 경우 곤란한 상황이 발생할 수도 있으니 반 알덴브룩 연합국의 입장에서도 아리에타는 죽어주는 것이 더욱 이득인 상황이었다.

그러나 망국의 공주라고는 하나 눈이 많은 곳에서 왕족의 피를 손에 묻힐 수도 없었던 반 알덴브룩 연합국에서는 아리에타의 신변을 보호하겠다는 명분으로 붙잡아두고 암살을 시도했다.

다행히 아리에타에게는 뛰어난 실력의 근위기사들이 붙어있었기 때문에 암살의 위험에서 벗어날 수 있었지만 그 살수의 의뢰주가 반 알덴브룩 연합국일 것이라는 가설을 세운 아리에타는 급급하게 도망치듯 반 알덴브룩 연합국을 빠져나와야만 했다.

그리고 그 선택은 매우 훌륭한 것이었다. 그로부터 머지않아 반 알덴브룩 연합국은 알덴브룩 제국에 패해 무너지게 되었으니까. 만약 아리에타가 아직도 그곳에 몸을 의탁하고 있었다면 목이 달아나고 말았을 것이다.

알덴브룩 제국의 남부의 모든 땅을 통일하게 되자 아리에타는 망연자실했다. 사실상 북부와 남부는 전쟁을 치르기에 마땅치 않은 지리적 요건을 가지고 있었으니 남부가 통일된 시점에서 나라를 되찾을 가능성은 전무했기 때문이었다.

그러나 아리에타는 포기하지 않았다. 북부의 실질적인 지배자인 페르시온 제국의 막강한 군사력이라면, 그리고 파일로스와 성전을 벌여 이미 한 번의 승리를 거둔 전적이 있는 삼대주교의 교단들이라면 알덴브룩으로부터 임펠스 왕국의 땅을 되찾을 수 있을 지도 모른다는 희망을 가졌기 때문이었다.

그러나 아리에타가 신분을 들키지 않고 북부에 도달하기 위한 여정은 매우 험난하고 멀었다. 이미 몇 번이고 배신을 당하고 목숨이 노려진 아리에타는 철저히 신분을 감추며 북부로 향했지만 도중에 만난 한 상인에게 정체를 들키고 말았다.

상인은 긴 여정으로 지친 아리에타에게 매우 친절하게 대해줬고 아리에타는 정말 오랜만에 편히 몸을 쉴 수가 있었다. 그러나 상인의 목적은 다른 데에 있었다.

망국의 공주라는 신분, 그것도 현재 남부를 지배하는 알덴브룩 제국과는 깊은 원한 관계를 가진 임펠스 왕국의 혈통을 가진 아리에타는 알덴브룩 제국과의 관계 조성에 매우 좋은 재료였던 것이다.

굳이 알덴브룩 제국에 아리에타를 바치지 않아도 망국의 공주라는 신분은 노예로서도 비싼 값에 팔 수 있는 재료였다.

어떤 귀족이 과거 공주였던 자를 노예로 부려본단 말인가. 아리에타는 노예로서 매우 가치 높은 존재였다.

상인은 천천히 아리에타를 보호하는 근위기사들의 경계를 풀어내고 한 식탁에 앉아 식사를 하기에까지 이르렀다.

거기에는 강력한 마비독을 향신료로 뿌려놓은 상태였고, 상인은 미리 해독약을 먹은 상태에서 언제나처럼 먼저 식사를 시작해 근위기사들의 경계심을 풀어주었다.

만약 아리에타에게 희귀한 성석으로 만든 성법도구가 없었다면 지금쯤 알덴브룩 제국으로 팔려가 목이 날아갔거나 노예로 팔려가 능욕을 당하고 있었을지도 모를 일이었다.

하지만 천만다행으로 다른 귀중품은 모두 팔았지만 성석으로 만든 성법도구만은 몸에 차고 있었으므로 독의 영향에서 벗어날 수 있었다.

그것이야 말로 세일라 교단의 대주교가 직접 만든 해독 성법도구였던 것이다.

근위기사들은 아리에타의 팔찌가 빛나자 앞뒤 잴 것 없이 먼저 상인의 목을 베어버렸다. 하지만 그 탓에 신분이 노출된 아리에타는 알덴브룩 제국의 추격에서 벗어날 수 없었고 결국 수많은 기사단들에게 쫓기기까지 이르렀던 것이었다.

아리에타는 지금까지 그랬던 것처럼 결코 포기할 수가 없었다.

백여 명에 이르는 적국의 기사단에게 쫓기는 와중에서도 아리에타는 중부의 열대우림으로 진입하기만 하면 추격자들이 더 이상 쫓아오지 못할 것이라는 희망을 가졌다.

그러나 생각보다 열대우림까지의 거리는 멀었고 근위 기사들은 빠르게 희생되어 갔다. 더 이상 희망이 보이지 않는 순간 하늘에서 검은 머리의 구원자가 나타났다.

아리에타는 뜨거운 차 한 잔을 마실 시간도 지나지 않아서 알덴브룩 제국 소속 기사단 100명을 처리한 구원자에게 아연한 시선을 보냈다.

전신을 뜨거운 피로 뒤집어쓴 남자, 체슈의 모습은 그 야말로 소문대로였기 때문이었다.

검은 머리카락의 악마.

너무 급한 상황에서 어쩔 수 없이 그에게 몸을 의탁하기로 마음먹은 아리에타는 뒤늦게 자신의 결정을 후회하게 되었다.

시우는 마법으로 물을 만들어내 한참 동안 피를 씻어 냈다. 그 와중에 하늘에서 시우의 전투를 지켜보던 일행들이 내려왔지만 아리에타 일행은 아무런 말도 행동도 할 수가 없었다.

이내 피를 전부 씻어낸 시우는 아우라로 전신의 물기를 털어낸 후에도 여전히 찝찝한지 불쾌한 표정으로 아리에타 일행에게 다가왔다.

시우가 조금씩 다가올수록 아리에타의 얼굴은 공포로 얼룩져갔다.

"그래서? 너희 정체가 뭔데?"

시우의 질문에 아리에타와 세 명의 근위기사들은 이름을 밝혔다.

물론 본명을 밝히지는 않았다.

이미 망국의 공주라는 신분 때문에 목숨이 노려진 것이 한두 번 일이 아니었다. 아무리 상대가 알덴브룩과 척을 진 것처럼 보인다 하나 경계심을 완전히 풀 수는 없었다.

아리에타는 스스로의 이름을 아리라고 밝혔고 세 명의 근위기사들은 각각 지미, 크리엣드, 가터라고 이름을 밝혔다. 그들은 끝까지 성을 밝히지 않으며 평민이라 주장했지만 그것은 너무나도 서툰 거짓말이었다.

원래는 갑옷 위에 로브를 입고 돌아다니던 모양이었는데 격한 추격전 끝에 로브가 전부 찢겨나간 그들은 갑옷을 훤히 드러낸 복장을 하고 있었기 때문이었다.

평민의 수입 따위로는 평생을 가도 저 갑옷 하나를 살 수가 없으니 그들의 거짓말이 탄로 나는 것은 당연한 수순이었다.

특히 아리와 같은 경우는 이미 아리에타라고 불리는 걸 들은 직후인데 가명이라는 사실을 모를 수가 없었던 것이다.

근위기사들은 그런 시우의 의심 어린 눈길에 피눈물을 머금고 훔친 물건이라는 변명을 했다. 그것은 스스로의 명예를 실추시키는 것이므로 근위기사들은 마음이 아팠지만 공주님의 신분을 드러낼 수는 없었기에 택한 결과였다.

그러나 그들의 희생이 무색하게 시우는 그들의 정체를 정확하게 파악할 수 있었다.

왼쪽 눈을 가리고 그들을 타겟팅 하자 그들에 대한 설명문이 아주 자세히 적혀 있었으니까.

페르미온 아리에타 Lv.9

망국 임펠스의 공주. 임펠스의 수도가 알덴브룩 제국에게 함락당한 이후 이루 말로 형용할 수 없는 시간을 보내왔다. 나라도 가족도 모두 잃었지만 나라를 되찾을 수 있을 것이라는 희망을 버리지 않았다. 지금은 북부의 페르시온 제국을 목적지로 발길을 옮기고 있다.

마찬가지로 나머지도 타겟팅 하자 그들의 정체가 근위기사라는 사실과 그들의 풀네임을 확인할 수 있었다.

그래도 그들은 아리에타처럼 이름을 속이지는 않았다. 아리에타는 임펠스 왕국의 공주였던 만큼 널리 알려진 이름이니 숨길 수밖에 없었겠지.

근위기사들의 이름은 판스 지미, 듀 크리엣드, 뎀 가터였다.

그러나 시우는 그들의 풀네임을 확인하자마자 전부 잊어버렸다. 딱히 기억할 필요를 느끼지 못한 탓이었다.

단지 페르미온 아리에타의 신분에는 관심이 많았다.

시우가 이계로 넘어올 때 리스폰 했던 코리의 숲도, 그리고 지금까지 살아왔던 테트라나 제페스도 임펠스 왕국의 땅이었으니 엄연히 따지면 임펠스 왕국은 시우에게 제2의 모국이라고 할 수도 있었기 때문이었다.

지금까지 귀족이라고는 수아제트를 꾀어내기 위해 인질로 붙잡았던 알덴브룩 제국의 영주들 밖에는 보지 못했으니 모국의 공주라는 신분을 가진 아리에타에게 시우가 흥미를 가지는 것도 무리는 아니었다.

시우는 갑자기 인상을 썼다.

바람을 타고 비릿한 피 냄새가 흠씬 풍겨왔기 때문이었다.

시우의 귓가로 그들이 죽어가며 외쳤던 단말마가, 비명과 저주가 들려오는 듯했다.

결코 좋은 기분은 아니었다.

"일단은 시체부터 처리할까."

시우는 마력을 부려 시체를 한 곳에 모은 후 마법 스킬로 깊은 구덩이를 만들어 우겨넣었다. 폐쇄된 곳에서 불을 피울 경우 산소의 부족으로 인해 불이 꺼질 염려가 있었지만 시우는 신경 쓰지 않았다. 드라고니스로 일으킨 불은 연소체나 산소가 없어도 마력만 공급된다면 빛과 열을 발생, 즉 불을 유지하는 것이 가능했기 때문이었다.

어쩌면 이 세계의 과학이 발전하지 않는 원인은 이러한 마법의 만능성에 있는지도 몰랐다. 불을 피우는데 산소가 필요하다는 아주 간단한 원리도 마법에는 통용되지 않았으니까.

마법을 이용하면 기존의 법칙, 원리, 이론들을 완전히 무시할 수 있는데 왜 굳이 과학을 연구하겠는가. 그럴 시간에 차라리 마법을 배우고 연구하는 것이 이곳 사람들에게는 더욱 효율적으로 보였을 것이다.

시우는 이내 떠오르는 잡념들을 고개를 흔들어 털어냈다.

시체를 빠르게 태우기 위해 시우는 그 작업에 제법 많은 마력을 소모해야 했다. 그러나 그것은 시우가 이미 죽은 그들에게 베풀 수 있는 유일한 예의였다.

이런다고 죽은 그들이 시우에게 감사를 느끼지는 않는다는 것을 시우도 알고 있었다. 그러나 시우는 사람을 죽였다는 죄책감을 조금이라도 덜기 위해 제법 공을 들여 그들을 화장시켜 주었다.

시우는 시체가 모두 타올라 재가 되자 내친김에 포션으로 마력을 회복하고 매장까지 해주었다. 숲에는 여전

히 그들이 흘린 피가 낭자해 있었지만 비라도 내리면 깨
끗이 씻겨나갈 것이다.

시우는 그제야 겨우 여유를 되찾고 아리에타 공주, 자
칭 아리를 돌아보았다.

"그래서 아리. 거래는 마음에 들어?"

시우가 아리에타를 편하게 부르자 세 명의 근위기사
들이 움찔 몸을 떨었다. 그들로서는 그들이 모시는 공주
가 범죄자 따위에게 편하게 불리는 것이 내키지 않는 모
양이었다.

물론 그것은 그들이 정체를 숨긴 탓에 초래한 결과였
지만 근위기사들은 아무리 시간이 흘러도 아리에타가
합당한 대우를 받지 못한다는 현실에 적응하기 어려웠
다.

그것도 그럴 것이 이들은 나라가 망하고도 그들이 충
성을 맹세한 왕족의 피에 의무를 지키는 명예로운 기사
들이었기 때문이었다. 사실 그들의 실력으로 알덴브룩
제국에 충성을 맹세하면 훌륭한 대우를 약속받을 수 있
었다. 이들은 오로지 기사도 정신에 따라 그것들을 마다
한 자들이었다.

그런 그들의 주군이 경칭은 고사하고 레이디 취급도
받지 못하는 상황은 무척이나 자존심이 상하는 일이었
다.

그러나 그런 그들과는 다르게 아리에타는 쓰게 웃고 말았다. 처음에는 이런 현실에 적응하지 못하고 사사건 건 모욕감을 느꼈지만 이미 내성이 생겼던 것이다.

그만큼 그녀가 겪어야 했던 현실은 처절한 것이었다.

그것보다도 아리에타는 시우가 뒤이어 말한 말이 신경 쓰일 뿐이었다.

"거래라고요?"

"그래. 너희를 도와 저들을 물리치면 내 것이 되겠다는 거래 말이야."

시우는 마치 아리에타가 물건이라도 되는 양 말했다.

그 순간 근위기사들의 얼굴에 떠오른 표정은 그야말로 가관이었다. 분노로 잔뜩 일그러져 금방이라도 터질 듯 빨갛게 달아오른 안색은 화산을 연상시켰다.

시우의 발언에는 아무리 아리에타라도 아연한 표정을 짓지 않을 수 없었다.

아리에타는 시우에게 몸을 의탁하겠다는 표현으로 '몸을 드리겠다.'고 말했지만 시우는 그 말을 곧이곧대로 '몸을 받겠다.'고 받아들였다는 것을 깨달았기 때문이었다.

"네노옴! 그게 그런 뜻이 아니지 않느냐!"

"감히 그런 무례한 발언을!"

"아무리 네가 강하다 하나 우리를 모욕하겠다면 가만 있지 않을 것이다!"

스렁! 스르릉!

근위기사들이 연달아 검을 뽑아들었다.

그러나 아리에타는 그들을 제지했다.

잠깐 사이 가만히 생각을 해본 뒤에야 시우가 그렇게 생각하는 것도 당연하다는 결론을 내린 탓이었다.

'나도 아직 멀었어. 나라를 재건하기 위해서 왕족의 권위 따위는 애초에 잊은 줄 알았는데.'

아리에타는 가만히 눈을 감고 고개를 저었다.

생각해보면 몸을 의탁하겠다는 행위가 시우를 위한 보상이 되지 않음은 당연한 일이었다. 왕족으로서, 임펠스의 공주로서 수많은 귀족들에게 '섬기게 되어 영광이다.'라는 말을 밥 먹듯이 들어왔다. 그리고 거기에 대해 한 점의 의문도 품지 않았다.

왕족으로서 자라온 그녀에게 몸을 의탁해 주겠다는 것은 영광을 베푼다는 뜻이었다.

그러나 아리에타가 왕족이 아니라면?

몸을 의탁하는 것은 그녀가 도움을 받는 것이지 결코 보상이 될 수는 없는 법이었다.

하물며 아리에타는 남부를 통일한 알덴브룩 제국에서 원수로 여기는 임펠스의 왕족이었다. 어쩌면 몸을 의탁한다는 행위는 오히려 폐를 끼치는 것일 수도 있었다.

그러니 시우가 보상으로서 '몸을 드리겠다.'는 표현을 곧이곧대로 받아들인 것도 당연하다는 생각이 들었다.

물론 시우는 그녀의 신분을 알고서도 그렇게 받아들였지만 말이다. 현대에서 민주주의국가에서 살아왔고, 이곳에 넘어와서도 귀족들과 부대낄 시간이 없었던 시우는 이곳의 사람들과는 사고방식 자체가 달랐다.

아리에타는 그렇게 눈을 감고 한참이나 고민했다.

그러나 이제 와서 거래를 없던 것으로 할 수도 없었고, 무엇보다 정체를 드러낼 수도 없는 일이었다.

지금까지 정체를 드러내 좋은 꼴을 보았던 경우가 없었기 때문이었다.

단 한 번의 경우를 제외하고는……

게다가 시우의 목적지가 북부라는 사실을 이미 들은 상황이었다. 적어도 그와 함께라면 지금까지보다는 더욱 안전하게 페르시온 제국에 도달할 수 있을 것 같았다.

자유에 대한 보상은 그때가 되어서 재차 합의를 보아도 나쁘지는 않을 것이라는 속셈이었다.

"…예. 거래는 성사되었습니다. 이제 제 몸은 체슈님의 것입니다."

아리에타는 두 손으로 땅을 짚으며 한쪽 무릎을 꿇고 예의를 차렸다. 그것은 그녀가 왕족이었던 시절 평민들에게 받아왔던 인사법이었다.

아리에타의 그 모습에 시우는 흡족한 표정으로 고개를 끄덕였고 근위기사들은 말 그대로 나라를 잃은 듯한 절망스런 표정을 짓고 있었다.

"아리에타님……."

시우는 고개를 숙인 채 일어날 생각을 않는 아리에타의 모습을 내려다보면서 이내 애초 이곳에 오게 되었던 이유에 대해서 떠올릴 수 있었다.

"그만 일어나. 그것보다 묻고 싶은 것이 있는데."

시우의 말에 자리에서 일어난 아리에타는 순종적인 태도로 고개를 조아렸다.

시우는 애초에 이곳에 오게 된 계기에 대해서 그들에게 설명을 해주고 소리 폭탄에 대한 질문을 했다. 소리 폭탄이라는 명칭은 시우가 붙인 것이기 때문에 이름이 다를 수도 있겠다는 생각에 그것의 기능에 대해 설명을 해주었지만 이내 아리에타의 입에서 나온 단어는 시우를 당혹스럽게 만들었다.

"소리 폭탄 말씀입니까?"

"그것의 이름이 소리 폭탄이야?"

시우는 이런 우연의 일치가 있나 놀랐지만 이내 아리

에타가 꺼낸 소리 폭탄을 타겟팅하고 나서 충분히 납득할 수 있었다.

소리 폭탄
공격력 9,852
내구력 (2/2)
특수 효과- 파괴. 마력의 네 가지 속성 중 하나인 소리의 물리력을 이용해 물질을 파괴한다. 마법사 체슈에 의해 발명되었다. 마석을 던져 깨트리면 마석에 담긴 3,284 포인트의 마력이 대상을 파괴할 것이다.

설명- 저항군 소속 마법사 뤼아나에 의해 제작된 마법무기. 소리 폭탄이 깨진 반경 50센티미터 이내의 물질을 완전 분해한다.

소리 폭탄을 제조한 것은 뤼아나였다.
수아제트의 탑에서 시우의 파티원으로 활약했던 여자 마법사.
시우는 그녀의 앞에서 수백, 수천 번에 걸쳐 소리 폭탄을 제조해왔다. 그녀에게 소리 폭탄의 원리나 만드는 방법에 대해서 설명해 주지는 않았지만 시우의 어깨너머로 그것을 지켜보며 어느새 파괴 마법을 익힌 모양이었다.

시우는 반가운 마음도 들고 괘씸한 기분도 들어 쓰게 웃으며 고개를 흔들었다.

"수아제트의 탑에서 죽은 줄 알았는데 용케 살아있었 군."

시우가 흘린 말에 아리에타가 반응을 보였다.

"설마 튀아나 양을 아십니까?"

"과거에 잠깐 휘하에 둔 적이 있지."

시우의 발언에 아리에타도, 그리고 근위기사들도 놀란 눈치였다.

아리에타가 자신의 신분을 노출하고도 유일하게 좋은 의도로 환영을 받았던 조직이 바로 저항군이었다. 저항군을 발족한 리더, 테스와 베로카의 조국이 임펠스 왕국이었고 소리 폭탄을 제조함으로써 저항군에 지대한 공을 세운 튀아나도 임펠스에서 나고 자랐으니까.

조국의 피가, 왕족이 살아있다는 사실은 저항군에게 있어 정말 기쁜 소식이었던 것이다.

그런 저항군 속에서 튀아나의 입지는 굉장히 높았다.

아무리 작은 조직이라지만 임펠스는 물론 알덴브룩에 저항하기 위해 여러 국가의 실력자들이 모인 저항군의 전력은 굉장했다. 거기서도 높은 자리를 꿰차고 있는 튀아나를 휘하에 두었다는 사실은 놀라운 것이었다.

특히 튀아나가 부리는 파괴 마법의 위력은 여러 국가에서 모인 근위마법사나 마법사 길드의 마스터들도 인정하는 바였다.

그리고 그것은 임펠스의 근위기사들도 마찬가지였다.

만약 튀아나와 적대하여 파괴 마법에 당한다고 생각하면, 근위기사들은 상상만으로 몸서리를 쳤었다.

그런 튀아나를 휘하에 두었고, 알덴브룩 제국의 추격을 받는다고 한다면?

"…혹시 체슈님도 저항군에 재적하고 계십니까?"

아리에타는 기대감 가득한 표정으로 물었다. 만약 시우가 저항군에 소속되어 있다면 아군이라고 볼 수 있는 존재였으니까.

그것은 근위기사들도 신경 쓰이는 일이었다.

시우는 고개를 저었다.

"저항군 발족의 순간을 함께 한 것은 사실이지만 나는 저항군 소속이 아니야. 저항군이 발족될 때만 해도 나는 그들에게 가망성이 전혀 없다고 판단했었으니까. 튀아나와의 인연은 다른 곳에서 기인한 것이야."

시우의 말에 아리에타는 눈에 띄게 실망했다.

아리에타는 알덴브룩 제국에 적대한다는 사실만으로 체슈를 아군이라고 추측하고 있었지만 엄연히 그것은 추측에 불과했다. 그래서 시우의 입을 통해 저항군 소속이라는 말을 들으면 아군이라는 확신을 가질 수 있을 거라고 생각했던 것이다.

그것이 아니라고 하니 아리에타는 어쩐지 시우가 아군일 가능성이 희미해져 가는 기분이 들었다.

"그것보다 너희 그거 저항군에서 받아온 거야?"

"……? 예. 그렇습니다만……."

시우는 거짓말이 어설픈 이들의 모습에 도대체 지금까지 어떻게 생존했는지 불가사의할 정도였다.

"선량한 시민이? 무려 하나에 300파운드나 하는 상급 마석으로, 저항군에서 독점적으로 제조하는 소리 폭탄을, 하나도 아니고 수십 개나 넘겨받았다는 말이야?"

시우는 되도록 끝까지 모른 척을 해줄 생각이었지만 도대체가 지적을 하지 않을 수가 없었다.

아리에타는 뒤늦게 당황하며 허둥댔지만 도무지 변명거리가 떠오르지 않았다.

시우는 한심하다는 표정으로 깊은 한숨을 내쉬었다.

"됐어. 더 이상 캐묻지는 않을게. 대신 나와 함께 행동하는 동안 더 이상 그런 어설픈 모습은 보이지 마. 아무래도 알덴브룩 제국에게 쫓기고 있는 모양인데, 너희의 정체가 탄로 나면 또 수많은 사람들이 죽어나갈 테니까."

물론 죽는 사람들은 시우 일행을 쫓아올 알덴브룩 제국의 병사들이겠지.

　시우의 서슬 퍼런 경고에 아리에타는 급하게 고개를 주억거릴 따름이었다.

Respawn

NEO FUSION FANTASY STORY & ADVENTURE

28장.

여정

28장.
여정

리스폰

"무엇보다 가장 먼저 그 갑옷 좀 벗으면 안 돼?"

시우는 불만스러운 표정으로 근위기사들을 노려보았다.

그들은 시우의 말에 팔짝 뛰었다.

"이 갑옷은 우리의……!"

"뭐. 너희가 무슨 기사라도 돼? 갑옷은 기사의 트레이드마크라고라도 말하고 싶은 거야?"

시우의 말에 근위기사들은 입을 다물었다.

시우도 어느 정도 눈치를 채고 있는 것 같았지만 그들은 어디까지나 평범한 시민인 체 연기를 해야만 하는 입장이었다.

시우는 사사건건 흥분하고 지금은 또 기가 죽어 고개를 푹 숙인 그들의 모습에 혀를 내둘렀다.

"그래. 갑옷은 기사의 트레이드마크야. 그러니 너희가 정말로 정체를 숨기고 싶거든 그 갑옷은 벗어야 옳지 않겠어?"

시우의 말에 근위기사들은 입을 오물거렸다. 하고 싶은 이야기는 많은데 함부로 발언을 하기 어려운 모양이었다. 어떤 말이 신분을 노출하는 계기가 될지 알 수 없으니까.

그들이 간신히 꺼낸 말은 '우리는 기사가 아니다.' 였다.

스스로 말을 하고서도 꽤나 의기소침해 하는 모습이 제법 짜증날 정도였다.

기사인 것이 뻔히 보이는데 신분은 숨겨야 하고, 평민 취급을 하면 흥분하다가 기사냐고 물으면 또 아니란다. 그래놓고는 스스로 풀이 죽어버리니 어떻게 대해야 할지 귀찮아 참을 수가 없었다.

시우는 성가시다는 표정을 드러내며 뒷머리를 긁었다.

"만약, 만약에 말이야. 너희가 기사라고 하자. 그럼 너희를 기사라고 증명하는 것이 무엇이지? 철판을 덧댄 갑옷이 너희를 기사라고 증명하는 거야? 정체를 들키지 않기 위해 가슴의 국기를 뭉개 지운 그 갑옷이 너희를 기사로 만들어 주는 거야?"

시우의 말에 기사들은 수치 가득한 표정으로 왼쪽 가슴을 가렸다.

갑옷을 벗을 수는 없고, 임펠스 왕국 소속의 기사라는 것을 들킬 수는 없으니 근위기사들끼리 의논한 끝에 선택한 결과였다. 나라를 잃은 마당에 갑옷에 그려진 국기마저 지우는 것은 그들에게 매우 괴로운 일이었으나 필요한 일이라고 생각했던 것이다.

"봐. 너희가 입은 그 갑옷을 지나가던 평민에게 입힌들 그가 기사일까? 아니야. 사람의 위치는 그 사람의 행동이 결정하는 거야. 만약, 만약에 말이야. 너희가 혹시라도 기사라면 그 따위 갑옷을 벗는다고 기사의 직위를 잃는 것은 아니라는 뜻이지. 갑옷은 입지 않아도 주군을 위해서라면 목숨까지 바칠 수 있는 자들이 있다고 치자. 나는 그들을 기사라고 부르겠어."

시우의 말에 근위기사들은 숙였던 고개도 들고 깜짝 놀란 표정을 짓고 있었다.

시우의 말에서 느끼는 바가 많은 모양이었다. 심지어는 시우의 말에 감동을 받고 눈물까지 글썽이는 자도 있었다.

나라를 잃었다. 국기도 지웠다. 그런 그들을 기사라고

증명하는 것은 그들이 입은 갑옷과 허리춤에 매단 한 자루 검뿐이라고 생각해왔다. 그래서 그들은 이토록 갑옷에 집착했는지도 몰랐다.

그러나 그것이 아니라고 말해주는 사람이 있었다. 그 속사정까지 알고 있는지는 알 수 없지만 너희는 기사라고, 너희의 행동이 너희를 기사로 만든다고 말해주는 사람이 있으니 가슴 깊은 곳에서부터 기사로서의 자부심이 끓어올랐던 것이었다.

시우는 그런 근위기사들의 뜨거운 시선에 계면쩍은 표정으로 시선을 피했다.

"아무리 복장이 신분을 증명하는 세상이라지만 멋지게 차려입어도 언행이 개차반이라면 겉모습만 번지르르한 옷걸이에 불과하니까 말이야."

시우의 말에 근위기사들은 크게 동감하는 듯 고개를 힘차게 주억거렸다.

"범죄자 주제에 말은 그럴싸하게 하는군."

"네 말이 옳다. 아무리 갑옷을 차려입어도 행동이 못돼 먹으면 기사의 자격이 없지."

그들은 끝까지 시우를 범죄자 취급했지만 그들의 눈빛은 시우에게 제법 감복한 모양이었다. 근위기사들은 더 이상 두말하지 않고 갑옷을 벗었다.

그전에 아리에타의 허락이 떨어져야 했지만 시우가

갑옷을 벗으라고 하는 마당에 그의 소유물이 된 아리에타가 반대를 할 수는 없는 입장이었다.

애초에 아리에타는 평소 무거운 갑옷을 한시도 벗지 않는 그들을 염려하고 있었다. 그런 연유로 시우의 의견이 반가울 지경이었다. 그저 아리에타도 근위기사들의 기분을 모르는 것은 아니었기 때문에 갑옷을 벗어 몸이라도 편해지라고는 말할 수가 없었을 뿐이었다.

갑옷을 벗는다면 몸은 편해지겠지만 그들의 마음이 상처를 입게 될 것이라는 것을 아리에타는 알고 있었기 때문이었다.

그러나 그들의 마음에 상처를 입히지 않고, 오히려 자부심까지 키워주며 갑옷을 벗긴 시우의 말주변에 아리에타는 새로운 시선으로 시우를 바라보았다.

그러나 시우는 그런 그녀의 시선을 눈치 챌 수 없었다.

아리에타도 시우의 말에 느끼는 바가 많았다. 시우는 기사를 두고 예를 들었지만 그 말이 꼭 기사에게만 통용되는 이야기는 아니었기 때문이었다.

행동이 그 사람의 위치를 정한다.

'나는 왕족으로서 어떤 행동을 해왔지.'

아리에타의 뇌리로 왕족이었던 시절의 기억들이 스쳐 지나갔다.

농담이나 주고받으며 하하호호 웃던 사교회, 아름다운 복장과 장신구들을 탐하고, 맛난 음식을 먹으며 흠이나 잡을 줄 알았던 과거의 기억들.

아리에타는 더할 바 없을 정도로 얼굴이 빨개졌다.

행동이 그 사람의 위치를 정한다면 아리에타는 스스로에게 왕족의 자격이 없다는 생각이 들었던 탓이었다.

만약 그녀가 왕족의 권위를 잊으려 노력하지 않았다면 시우의 말에서 아무것도 느끼지 못했을 것이다. 어쩌면 왕족을 모멸한 죄라고 시우의 목을 베어버리려고 했을지도 모를 일이지.

그러나 지금은 달랐다. 적어도 시우의 말에 과거를 되돌아보며 스스로의 행동에 대해 잘잘못을 따질 수 있었다.

아리에타는 과거의 행동에 대해 수치를 느끼면서 지금부터는 다를 거라는 생각도 들었다.

왕족으로서 어떤 고난을 겪더라도 반드시 임펠스 왕국을 탈환하고 알덴브룩 제국민들에게 시달리고 있을 국민들을 구해내겠다고 새삼 다짐했던 것이다.

그래서 다시 왕족으로서의 권위를 되찾는다면 그때에는 왕족으로서의 의무를 다하자고 각골명심했다.

어째선지 아리에타는 그것만으로 마음이 뿌듯해져 나

라를 되찾을 날이 멀지 않게 느껴졌다.

시우 일행은 더 이상 리카를 타고 이동하지 않았다.

새롭게 아리에타 일행이 합류하게 되어 정령을 부리는 것에 제한을 받았기 때문이었다.

인간인 시우가 정령을 다루는 것은 크게 문제될 일이 아니었지만 시우와 함께 행동하는 알테인이 둘이나 되는 상황이었다. 정령을 다루는 모습에 아리에타 일행이 의심을 품고 그들의 정체를 깨닫게 되면 곤란한 일이 벌어질지도 몰랐다.

물론 그녀들의 입장에서 설마 그러리라고는 생각하기 어려웠지만 사람의 일은 결코 확신할 수 없는 법이다.

시우는 이곳에 넘어와서 그것을 몇 번이나 반복해 확실하게 학습한 상태였다.

혹시라도 아리에타 일행이 소라와 에리카의 정체가 알테인이라는 사실을 깨닫고 전쟁을 준비하고 있을 페르시온 제국에 그 사실을 보고라도 했다간 마석이 매장된 광산을 찾겠답시고 소라와 에리카를 붙잡으려 들지도 모르는 일이었으니까.

차라리 페르시온 제국에 자발적으로 도움을 주고 협력을 요구하는 수도 있을 거라는 생각이 들었지만 시우는 고개를 흔들었다.

다시 말하지만 사람의 일은 결코 확신할 수 없는 법이었다.

시우와의 협력관계를 거부하고 힘으로 소라와 에리카를 붙잡으려 들 가능성도 아주 없지는 않았다.

그렇게 되면 이득을 보는 것은 알덴브룩 제국과 거기에 협력하는 드래곤들이니 그런 상황만큼은 일어나지 않도록 주의해야 했다.

게다가 시우는 여행에 대한 로망이 있었다.

가상현실 공간에서 홀로 지낼 때 걸핏하면 떠올렸던 것이 아름다운 관광지로 여행을 가고 싶다는 환상이었으니까 말이다.

그런 시우의 바람을 최대한 이루어주기 위해 가상현실게임을 통해 여행을 즐길 수 있도록 제작되기도 했지만 그런 인위적인 여행으론 불만족스러웠던 시우였다.

이곳에 넘어오고 제법 많은 곳을 돌아다녀 보았다.

코리의 숲, 탄즈 산맥, 포스칸의 마을, 하늘의 기둥, 알테인의 숲…….

그러나 그것은 모험일지언정 여행이라는 생각은 좀체 들지 않았던 것이다.

자고로 시우가 환상을 품은 여행이라는 것은 여유를 가지고 천천히 즐기는 것이었으니까.

지금까지 접하지 못한 새로운 것을 경험한다는 의미에서 이 또한 여행이라 볼 수 있었지만 시우는 이제야말로 좀 더 여유를 갖고 주변 광경을 즐기고 싶었다.

　특히 남부에서 중부로 이동하기 위해서는 헤카테리아 대륙에서 가장 긴 강이라는 이너미티를 배를 타고 이동해야 했는데 시우는 배를 탄다는 사실 조차도 제법 많은 기대를 품고 있었다.

　전생에서 아픈 몸을 가진 탓에 세상에는 시우가 경험해 보지 못한 일로 가득했다. 고독하게 죽어버린 전생의 보상으로 현생에서나마 새로운 경험을 쌓고 싶은 것이 시우의 본심이었다.

　그러나 도보를 통한 여행길은 필연적으로 느려질 수밖에 없었다.

　해가 저물고 나서야 겨우 걸음을 멈춘 아리에타는 제법 지친 듯한 모습이었다. 적 기사들의 추격을 피해 죽을 둥 살 둥 달린 것이 바로 오늘 아침의 일이었는데 목적지인 무역도시 크란데까지의 거리가 멀다는 이유로 강행군을 했으니 지금까지 편하게 살아왔던 소녀의 몸으로는 지칠 수밖에 없었던 것이다.

　물론 나라를 잃은 뒤로 이러한 강행군은 몇 번이나 겪어보았지만 자고로 먹는 것이 부족하면 아무리 힘을 써도 몸이 단련되지 않는 법이었다.

시우는 그런 아리에타의 모습을 보면서 갑자기 승부욕을 자극받는 기분을 느꼈다.

아리에타는 임펠스의 공주였으니 분명 알덴브룩 제국에게 점령당하기 전에는 갖가지 왕실 요리들을 맛보았을 것이다.

시우도 나름대로 요리에는 자부심을 가지고 있었으니 왕실요리와 자신의 요리를 비교해 보고 싶었던 것이다.

시우의 요리 스킬 레벨은 8.

뭐가 부족한 것인지 요리 스킬 레벨이 정체되어 더 이상 오르지를 않았다.

지난 반년 사이 익힌 5개의 검술 스킬들은 정체 따위 느낄 새도 없이 10레벨을 찍었는데 말이다.

가만히 생각해보면 패시브 스킬로 검술과 마법 그리고 활에 대한 재능을 재조정 받은 시우였기 때문에 검술 스킬의 레벨을 이토록 쉽게 올릴 수 있었는지도 몰랐다.

시우가 가지는 요리 스킬의 재능은 8레벨까지가 한계라는 뜻이겠지.

시우는 조금 자존심이 상하는 기분도 들었지만 그래도 스스로의 요리 실력에 지대한 자부심을 갖고 있었다.

그것도 그럴 것이 지금까지 시우가 이곳에서 지내보며 겪었던 이 세계의 요리는 고기를 바싹 익히거나 국물로 죽을 쑬 때까지 푹 고아내는 아주 단순하고도 무식한 요리법밖에 없었기 때문이었다.

시우는 아이템창에서 천막을 꺼내 근위기사들에게 조립을 떠맡기고 서둘러 요리를 시작했다. 아이템창에서 꺼낸 조리도구들로 깊은 숲 속에서 순식간에 간이 주방을 만들어낸 시우의 모습에 잔뜩 지쳐 쓰러져 있던 아리에타도 천막을 세우기 위해 바쁘게 움직이던 근위기사들도 시선을 집중시켰다.

여자가 셋이나 포함된 일행 중에서 체슈가 직접 요리를 한다는 사실에서 느끼는 일말의 불안과 어쩌면 제대로 된 식사를 할 수 있을지도 모른다는 기대감이 버무려진 시선이었다.

그러나 그러한 시선은 이내 불안이 사라지고 기대만이 남게 되었다. 시우가 진행하는 요리에서 풍기는 향기가 군침을 돌게 만들었기 때문이었다.

이내 요리를 마친 시우는 거대한 직사각형 식탁에 식탁보를 씌워 8개나 되는 접시를 늘어놓았다.

시우는 요리를 마치자마자 아이템창에 넣어뒀던 요리들을 접시 위에 장식했다.

에피타이저는 시우가 그토록 먹고 싶었던 고구마 맛탕과 소금과 후추로 잘 절인 연어에 잘 풀어 놓은 계란과 식빵을 부스러트려 바싹 말린 빵가루로 튀김옷을 입히고 튀겨내 그 위에 레몬즙을 뿌린 연어튀김이었다.

특별히 연어튀김에는 시우가 현대에서 맛보았던 타르타르소스를 이곳의 식재료로 복원한 특별 소스까지 뿌려주었다.

복원이라고 거창하게 말은 하지만 기껏해야 적당히 만들어낸 마요네즈에 새콤달콤한 맛이 일품인 피클을 잘게 썰어 넣고 몇 가지 향신료를 첨가했을 뿐이지만 말이다. 그래도 이곳의 요리를 기준으로 보자면 신세계의 소스임에는 틀림이 없었다.

시우는 마지막으로 공주의 앞에 내놓기에는 조금 부끄러운 와인잔을 모두에게 돌리고 나서야 식탁에 앉았다.

소라나 에리카, 리나와 같은 경우는 이미 시우의 요리를 맛보았지만 아리에타나 근위기사들은 시우의 요리를 보면서 고개를 갸웃거렸다.

고구마 맛탕이나 빵가루를 입혀 튀긴 생선 따위는 지금까지 본 적도 없는 요리들이었기 때문이었다. 시우가 식욕을 돋우기 위해 꺼내든 레드와인은 말할 것도 없었다.

평민들에게는 사치품이고 식욕을 돋우는데 적당한 탓에 시우가 좋아하는 와인이었지만 아리에타의 기준에선 와인이라고 부르기에도 안타까운 포도주였기 때문이었다.

그러나 일단 와인으로 입술을 축인 아리에타와 근위기사들은 입안을 감도는 레드와인의 달콤하고 풍만한 향에 깜짝 놀랐다. 아무리 흔하고 귀족들의 기준에서 값싼 와인이라고는 하지만 가장 기본적으로 맛과 향을 만족시키는 와인은 먹기에 따라서 값비싼 와인과 비교해 뒤떨어지는 바가 없었기 때문이었다.

물론 시장이 반찬이라고 주린 배에 더욱 그렇게 느끼는 지도 몰랐지만 말이다.

아리에타와 근위기사들은 연이어 정체를 알 수 없는 고구마 맛탕과 연어튀김을 맛보고 눈을 동그랗게 치떴다.

고구마 맛탕에는 귀한 꿀을 이용한 탓에 깔끔한 단맛과 고구마 특유의 고소한 단맛이 어우러져 입맛을 돋웠고 연어튀김은 바삭한 식감과 새콤달콤한 타르타르소스로 그들의 시장기를 더욱 자극했던 것이다.

맛은 있으나 양이 적었다. 게다가 하나같이 입맛을 자극하는 것들이므로 고구마 맛탕과 연어튀김을 맛본 아리에타 일행은 비어버린 접시를 허탈한 표정으로 내려다보고 있었다.

이제야 겨우 간에 기별을 할까 말까 했는데 식사가 끝나버리고 말았다.

식욕만 잔뜩 부추겨놓고 끝이라니, 이것도 따지고 보

면 희망고문의 일종이 아닐까?

시우는 아리에타와 근위기사들의 안타까워하는 표정에 제법 흥이 나 더 이상 뜸들이지 않고 메인요리를 늘어놓기 시작했다.

첫 번째 정찬 요리는 어패류가 들어간 시원한 수프였다. 이곳의 곤죽이 되도록 푹 삶아낸 그런 수프가 아니라 이를테면 명태찌개와 같은 시원한 국물이었다.

애초에 명태찌개를 이미지 하고 만든 요리이긴 했으나 명태를 찾을 수가 없어 몇 가지 어류를 시험해본 끝에 찌개에 어울리는 물고기를 찾아내야만 했다.

특히 고춧가루를 찾는 것도 쉬운 일이 아니었다. 이곳에선 감미로운 맛을 내기 위해 피망을 사용하지 고추를 사용하는 경우는 거의 없었던 탓이었다.

그러나 갖은 노력 끝에 시우는 빨갛게 잘 익은 고추를 찾아낼 수 있었고 그것을 이용해 얼큰한 어류 매운탕을 끓일 수 있었다. 다만 거기에 들어간 어류가 명태가 아니고, 고추장을 만들 여유가 없었다는 것이 조금 아쉬울 따름이었다.

그러나 처음에는 낯선 음식에 경계하던 아리에타도 한 번 맛을 보고는 지금껏 맛볼 수 없었던 개운한 맛에 감탄을 하지 않을 수 없었다.

특히 매운탕은 근위기사들에게 굉장한 호평을 받았

다. 그들은 한평생 이토록 굉장한 요리는 맛본 적이 없다며 자신에게 할당된 그릇을 전부 비우고도 입맛을 다시며 혹시라도 누군가 국물을 남기지 않을까 주위를 둘러볼 정도였다.

타인이 남긴 음식을 먹는다는 것은 귀족들의 식사 매너에도 위반되고, 체면에도 결코 좋은 행동은 아니었다. 그들은 말 그대로 체면 차릴 생각도 못할 정도로 시우의 요리에 빠져있었다.

새콤달콤한 에피타이저에 얼큰한 국물로 위를 채우자 이제야 주식다운 주식이 나왔다.

송아지 고기로 구운 비프 스테이크와 찜통에 새빨갛게 찐 랍스터였다.

비프 스테이크에는 시우가 특별하게 만든 소스를 얹어 놓았고 랍스터는 단단한 껍질을 아우라를 담은 나이프로 조각을 낸 뒤 레몬즙만 간단하게 뿌려 놓았다.

시우는 랍스터의 내장을 따로 챙겨 두었고 레몬즙만으로 부족할 경우 찍어 먹을 수 있도록 먹기 좋게 차려놓았다.

그나마 지금까지 중에선 가장 익숙한 음식이기에 아리에타도 근위기사들도 거리낌 없이 음식을 즐길 수 있었다.

시우는 몇 가지 샐러드를 내온 후 이번에야 말로 마지막으로 샤벳을 내놨다.

알테인의 마을에서 받아온 과일로 과즙을 내서 우유에 꿀이나 설탕 따위로 꾸며 차갑게 얼린 디저트였다.

평소 시우는 소라와 리나 그리고 에리카들에게 줄곧 요리를 해왔는데 소라와 리나의 반응은 뜨거운데 반해 에리카의 반응이 덤덤했기 때문에 준비한 디저트였다.

알테인의 마을에서 에리카가 과일을 좋아한다는 사실은 이미 들어 알고 있었으니 그것을 이용해 아이스크림을 만들 생각을 해냈던 것이었다.

시우의 노력은 결실을 맺을 수 있었다. 의외로 과일의 과즙을 신선하게 유지하며 샤벳을 만드는 것이 제법 어려웠지만 시우는 에리카의 미소를 볼 수 있었다는 것만으로 모든 고생을 보상받는 기분이었다.

샤벳은 과일의 종류에 따라 굉장히 다양한 종류가 준비되어 있었는데 이번에는 아리에타의 반응이 가장 뜨거웠다.

이런 깊은 숲 속에서 설마하니 시원한 디저트를 맛보게 될 줄은 몰랐던 모양이었다.

그녀는 샤벳의 차갑고 달콤한 맛에 눈꺼풀을 가늘게 떨면서 천천히 음미했다. 그리고 마침내 샤벳이 담겨 있던 그릇이 깔끔하게 비워낸 후 길게 감탄사를 흘렸다.

정말 간만의 혀와 배를 만족시키는 식사가 아닐 수 없었다.

시우는 그런 아리에타의 모습을 흐뭇한 표정으로 지켜보았다. 뒤늦게 그 시선에 눈치 챈 아리에타는 급히 고개 숙여 감사를 표했다.

"정말 맛있었어요. 감사합니다."

왕족으로서의 삶을 살아온 그녀에게 있어 식사에 감사를 표한다는 것은 낯선 행동이었다. 그러나 그만큼 진심에서 우러나온 행동이었다. 아리에타는 나라를 잃은 이후 제법 많은 시간을 보내왔지만 지금처럼 살아있길 잘했다고 생각한 적은 없었다.

심지어 식사에 심취한 나머지 나라를 잃었다는 근심마저 잠시나마 잊을 정도였다.

"그래? 맛있었다니 다행이네. 그건 그렇고, 어때? 내 요리를 수라상이랑 비교하면?"

아리에타는 시우의 질문에 내심 왕실 요리와 시우의 요리를 비교하다가 퍼뜩 정신을 차렸다. 아리에타는 아직 시우에게 자신의 신분을 밝히지 않았다. 밝힐 수 없었다. 그런데 시우가 먼저 수라상을 언급하며 유도 심문을 해왔던 것이다.

아리에타의 눈에 깃드는 경계심에 시우는 실실 거리던 표정을 지웠다.

"너무 그렇게 경계하지는 마. 네 정체에 대해서는 이미 확신이 있으니까. 나는 내 사람이라고 확신만 생긴다면 결코 그들에게 해가 될 행동은 하지 않아."

시우가 여태까지 보여줬던 그 어떤 모습과도 다른 진지한 태도였다.

아리에타는 그런 시우의 모습에 크게 당황했지만 근위 기사들은 만족스런 식사로 경계심이 풀어져 있었다. 그들은 아직 아리에타와 시우의 대화를 눈치 채지 못하고 있었다.

아리에타는 고개를 저었다.

시우는 알덴브룩 제국의 적이다. 이건 거의 확실했다. 게다가 실제로 겪어보니 소문처럼 극악무도한 범죄자도 아니었다. 아리에타가 시우에게 몸을 의탁하기로 한 결정은 결코 실수가 아니었다는 뜻이었다.

언제까지 아군이냐 적이냐를 두고 경계심을 품고 있을 수만은 없는 일이었다.

이미 같은 길을 가기로 결정한 이상 이쯤에서 관계를 호전시키는 것이 아리에타에게는 상책이었다.

그러나 아리에타는 그만 피식 웃고 말았다.

생각해보면 이미 아리에타는 시우의 '소유물'이었다. 시우의 말마따나 아리에타는 이미 '시우의 사람'이라는 소리였다. 아직 체슈라는 인물에 대해 아는 것은 적었지만 아리에타는 직감적으로 시우가 거짓말을 하는 것이 아니라는 것을 알고 있었다.

즉 시우가 아리에타를 자신의 사람이라고 확신하는 이상 시우가 아리에타에게 해가 될 행동은 하지 않으리라는 예감이 들었던 것이다.

그러나 아리에타도 모르는 것이 있었다.

시우의 말은 거짓이 아니다. 시우는 스스로 내 편이라고 생각한 사람에게는 한없이 자비한 인물이었다. 그러나 이 세계로 넘어와 겪은 것이 많은 시우가 어떤 인물에 대해서 '내 편'이라고 판단을 내리는 기준이 까다로워졌다.

내 편이라고 생각했던 사람에게 배신을 당하는 것은 꽤나 괴로운 일이었으니까.

아리에타의 목적지가 페르시온 제국이라는 것을 이미 알기 때문에 시우는 그녀와 동행하고 있었지만 아직 그녀에 대한 '취급법'에 대해서는 판단을 내리지 않은 상태였다. 페르시온 제국에 용무가 있는 망국의 공주라는 신분에 관심이 있을 뿐이지 결코 아리에타를 '내 편'이라고 생각한 것은 아니었다.

즉 시우의 안에서 아리에타는 아직 '타인'이었다.

만약 시우가 페르시온 제국과 협력 관계를 만드는데 아리에타가 방해된다면 시우는 냉정하게 그녀를 내칠 상황에 대해서도 감안을 하고 있었다.

물론 페르시온 제국에 도착하기 전까지 아리에타가 시우의 마음을 돌린다면 알 수 없는 일이기는 했지만 말이다.

그러나 아리에타는 시우의 눈에 스치는 차가운 빛을 읽어낼 수 없었다.

"…어떻게 제가 왕족이라는 사실을 알았는지 알 수 없네요."

시우는 그제야 다시 장난기 가득한 태도로 돌아왔다.

"뭐, 내가 가진 여러 능력 중 하나라고 보면 좋을 거야. 그것보다 어때? 내 요리는? 왕실 요리랑 비교해서 뭐가 더 맛있었지?"

시우의 질문에 아리에타는 쓰게 웃으며 고개를 저었다.

"비교가 어려워요. 일단 체슈님의 요리는 처음 먹어본 것들뿐이라서. 아, 하지만 스테이크와 랍스터는 맛있게 먹었어요. 데코레이션은 조금 투박했지만 맛만 따지자면 결코 우열을 가릴 수 없었어요."

시우는 만족스럽게 고개를 끄덕였다.

"음식을 꾸미는 데에는 취미가 없어서 말이야. 보기 좋은 음식이 맛도 좋다고 데코레이션도 앞으로 노력은 해봐야겠지. 그럼 그 앞전의 음식들은 어땠어? 주관적이

어도 좋으니 네 생각을 말해봐."

"그 달콤한 전채……."

"[고구마 맛탕.]"

시우는 아리에타의 우물쭈물하는 말에 한국어로 이름을 일러주었다.

"고구마 마땅? 이랑 그 바삭한 요리……."

"[튀김]이지."

시우는 일일이 아리에타에게 자신의 요리에 대해 설명해 주었다.

이곳의 요리에는 '튀긴다'는 말이 없었다. 식재료에 밀가루를 입혀서 기름에 '굽는' 요리법은 있었지만 달리 튀긴다는 행동을 표현하는 동사는 없었던 것이다.

특히 시우가 이번 요리에서 선보인 잘 풀어 놓은 계란을 입히고 빵가루를 묻혀 예열해둔 기름에 푹 잠기도록 바싹 튀기는 요리법이 이곳에는 없었다.

그렇기 때문에 시우는 연어튀김을 한국어로 말할 수밖에 없었다.

그것을 연어구이라고는 할 수 없었으니까.

"그 고구마 맛탕과 연어튀김은 참신하고 좋은 요리였어요. 저도 왕성에서 제법 많은 요리를 맛보았지만 대부분은 기법만 바꾼 같은 요리들이었으니까요. 기껏 새로운 요리라고 해봤자 맛이 형편없거나 기존의 요리에서 향신료나 감칠맛을 내는 식재료만 바꾼 애매한 것들이었거든요. 아무리 맛있는 음식이라고 해도 같은 요리만 먹어서야 물릴 수밖에 없죠. 그런 점에서 저는 왕실의 음식보다 체슈님의 음식이 더 맛있었어요."

시우는 고개를 끄덕였다.

아리에타의 설명에서 진심이 느껴졌기 때문에 제법 흡족했다.

"참고로 기법이라니?"

시우는 아리에타의 설명 중에 거슬렸던 표현을 짚어 냈다.

요리에도 기교를 부린단 말인가?

검술이나 마법도 아니고 요리 따위에 무슨 테크닉이 필요하단 말인가? 그저 레시피대로 맛있게만 만들면 돼지. 그러나 시우는 잠시 고민한 뒤에 어쩌면 요리 스킬의 경험치가 오르지 않는 이유가 여기에 있을지도 모른다는 생각이 들었다.

그러나 이내 아리에타가 설명한 요리의 기법들에 시우는 아연한 표정으로 고개를 절레절레 저었다.

닭의 깃털을 뽑아 요리한 뒤, 독수리의 가죽을 깃털이 달린 채로 벗겨내 요리한 닭에 입혀 마치 독수리 박제처럼 꾸민 요리를 비롯해 아리에타의 입에서 나온 기법이라는 것들은 그야말로 시우의 상상을 초월하는 요리의 신세계였다.

물론 나쁜 의미로 말이다.

아니, 닭요리면 닭요리지 거기에 왜 독수리의 탈을 씌운단 말인가?

아리에타의 말을 들어보니 독수리는 준귀족의 상징 (조작위)으로 쓰일 정도로 숭고한 생물로 취급을 받기 때문이란다.

시우는 그러면 늑대나 호랑이 심지어 드래곤의 탈을 씌운 요리도 있겠다며 비아냥거렸다.

이 세계의 귀족 작위는 용호랑자조의 다섯 가지로 용은 드래곤, 호는 범, 랑은 늑대, 자는 해츨링, 조는 독수리를 상징하고 있었기 때문이었다.

그러나 아리에타는 당연한 것 아니냐며 도리어 시우를 당황하게 만들었다.

다만 드래곤의 탈을 씌운 음식은 없다고 아리에타는 설명했다. 그러나 그 뒤를 이은 말은 시우로 하여금 할 말을 잃게 만들었다.

드래곤의 탈을 씌운 음식은 없으나 드래곤을 식재료로 사용해 만든 음식은 있다는 것이었다.

드래곤의 피를 재료로 만든 음료와 드래곤의 고기로 만든 음식.

드래곤은 수명이 없기 때문에 수많은 재력가 및 권력

자들에게는 불로장생의 요리로 각광받는다는 소리였다.

심지어는 고기를 익히면 효과가 반감된다는 미신 때문에 드래곤의 날고기를 얇게 떠서 육회로 해서 먹는 것이 올바른 식법이라고 한다.

임펠스에서 미식가 취급을 받으려면 드래곤의 육회쯤은 먹어줘야 한다나?

그러나 아리에타는 이러한 쓸모없는 지식만 늘어놓은 것은 아니었다.

아리에타가 아직 공주로서 왕성에서 식사를 할 때, 아리에타는 입맛이 까다로운 공주로 유명했었다. 임펠스 왕국 전역에서도 내로라하는 요리인들이 아리에타 공주의 독설에 기가 죽고 왕실 요리사의 꿈을 접어야 했다.

그것은 왕실의 수석 요리사라 하여도 벗어날 수 없는 일이었으니 모두가 입을 모아 최고라 칭송받는 그도 아리에타 공주의 독설에 나날이 곤욕을 치러야 했다.

그러나 그러한 독설도 어느 정도 요리와 식재료에 대한 지식이 있어야 할 수 있는 것.

아리에타는 놀랍게도 비밀에 싸여있는 왕실 요리의 식재료와 조리법에 대해 상당 부분 꿰차고 있었다.

시우는 그러한 아리에타에게서 어쩌면 이제는 아무도 모를 임펠스 왕실의 요리 레시피를 전수받을 수 있었다. 그러나 아리에타가 전문 요리인은 아니었던 탓에 레시피는 부정확했고 이에 대해서 시우는 실제로 자주 요리를 해가며 시행착오를 겪을 수밖에 없었다.

그러나 그 과정에서 시우는 요리 스킬의 레벨이 다시 쌓이기 시작하는 것을 느낄 수 있었다. 그 과정에서 시우는 닭에게 독수리의 가죽을 입히는 따위의 기법이 아닌 진짜 요리의 기교를 익힐 수 있었고 시우의 요리는 나날이 맛이 좋아졌다.

아리에타의 지적으로 데코레이션에도 제법 공을 들이기 시작한 이후로는 왕실의 수석 요리사와 비견해도 결코 뒤떨어지지 않는 실력을 쌓을 수 있었다.

게다가 시우에게는 이곳에선 이색적이라고 느낄 현대의 수많은 요리들을 맛보았고 알고 있었다. 오히려 그러한 부분에 있어서 시우는 요리인들의 최고봉이라 하는 자들의 머리 위에 있다고 해도 과언이 아니었다.

시우는 새로운 요리를 배우고 빠르게 늘어나는 요리 실력에 결코 여정길이 지루하지 않았다.

그런 시우에게 새로운 사건이 터졌다.

오늘 점심은 어떤 요리를 할까 고민하며 걷는 시우의 앞길로 시퍼런 칼을 든 사내들이 십 수 명 뛰어나왔던 것이었다.

'설마?'

시우는 눈을 동그랗게 떴다.

그리고 그들이 외쳤다.

"가진 거 모두 다 내놔! 그러면 목숨만은 살려주도록 하지!"

시우의 입가가 흐뭇하게 비틀어졌다.

"설마 산적?"

이 또한 새로운 경험이다.

그것도 전생에서라면 결코 겪어보지 못할 이곳만의 경험.

산적들은 헤실헤실 바보처럼 웃는 시우의 모습이 불쾌한지 인상을 잔뜩 찌푸리고 있었다.

"뭐냐, 네놈은? 어디 부족한 놈이냐? 내 말 못 들었어! 우리는 산적이다! 가진 물건만 내놓는다면 목숨만은 살려주겠다!"

놈들의 두령으로 보이는 사내는 시우를 노려보며 다시 외쳤다.

그러나 8인의 시우 일행 중에서 그들의 요구에 겁을 먹는 사람은 아무도 없었다.

시우와 3명의 여인들은 물론이고 아리에타 일행도 시퍼런 칼로 협박하는 산적들을 무덤덤한 시선으로 바라보고 있었다.

아리에타 일행들은 도망자 생활이 길었지만 그것은 상대가 알덴브룩 제국이기 때문일 뿐이었다. 근위기사라는 직책은 왕족을 가장 가까운 곳에서 지키는 자들이기 때문에 입단 기준 중에서도 기사도 정신을 으뜸으로 쳐주지만 그것도 실력이 따라주지 않는다면 들어갈 수 없는 자리였다.

고작 산적 따위에게 겁을 먹을 정도로 가진 바 전력이 부족한 것은 아니었다.

애초에 100명에 달하는 알덴브룩 제국 소속 기사들을 홀로 맞서 전멸시킨 시우가 있었다. 검을 든 품새나 기세 따위를 보아하니 산적을 하기엔 아까울 정도의 실력을 가진 자들이었지만 시우에게 비할 바는 아니었다.

"지미, 크리엣드, 가터. 이제 슬슬 밥값을 할 때라고 생각하지 않아?"

근위기사들은 한참이나 어린 시우가 반말을 한다는 사실에 인상을 찌푸렸다.

"하여튼 예의라는 것이 없는 놈이라니까."

"내가 제때 결혼 했으면 너 만한 아들이 있었다고!"

"…그런 말은 하지 마. 그 나이가 되도록 총각이라는 사실이 괴로울 뿐이니까."

근위기사들은 한 마디씩 내뱉으며 검을 뽑아들었다. 싸우러 가는 것치고는 제법 여유로운 모습이었다.

시우는 그런 근위기사들에게 비웃음을 날려주었다.

"내가 왜 너희한테 예의를 차려야 하지? 엄연히 나는 너희가 모시는 주군의 주인인데 말이야."

시우의 말에 근위기사들은 복잡한 기분을 숨길 수가 없었다.

가장 먼저 그들의 신분이 드러났다는 사실. 근위기사들은 스스로의 신분이 노출될 수 있는 언행은 되도록 삼가왔지만 시우는 이미 그들의 신분을 확신하고 있었다.

그들의 신분을 확신하면서도 별다른 해가 될 행동을 하지 않는다는 것은 안심이었지만 근위기사들의 심정은 복잡해질 수밖에 없었다.

왕족을 호위하는 임무를 가진 근위기사는 귀족에 준하는 신분을 가지고 있었다. 듣자하니 시우의 신분은 평민에 불과했는데 그런 시우가 그들의 신분을 알면서도 이렇게 막 대한다는 사실은 그들의 입장에서 불쾌하게 느낄 수도 있는 일이었다.

또한 그런 천한 신분의 시우가 그들이 섬기는 공주의 주인이라는 사실도 근위기사들의 심기를 불편하게 만드는 요소 중 하나였다.

위계질서가 복잡해서 시우를 어떻게 접하면 좋을 지 알 수가 없었던 것이다.

아무리 시우가 주군의 주인이라고는 하지만 근위기사들이 충성을 맹세한 것은 임펠스 왕족이었으니까. 결국 근위기사들은 시우의 방종을 허용하는 것으로 정리가 되는 듯했다.

그러나 근위기사들도 사람인 이상 시우의 버릇없는 행동이 마음에 들 리가 없었고 가끔씩 불만을 토로하면서 시우에게 반항을 하고는 했다.

시우는 무의미한 반항을 일축하고는 빙글빙글 웃었다.

"그것보다 너희들 제법 방심하고 있는데 긴장하는 것이 좋을 거야."

"…네가 강하다고 우리를 얕보는 모양인데 산적 따위에게 당할 우리가 아니다."

시우는 가터의 말에 고개를 저었다.

"아니, 너희를 얕보는 것이 아니고."

시우는 산적들을 가리켰다.

"저 산적들 전원 익시더거든."

시우의 말이 끝나자마자 산적들이 뽑아든 검에서 하나같이 아우라가 뿜어져 나왔다. 근위기사들은 그 모습에 아연실색했다. 고작 산적 따위가 무려 전원 익시더로 이뤄져 있다니 상식적으로 이해하기 힘든 일이었기 때문이었다.

아무리 근위기사들의 실력이 뛰어나다고는 해도 수적 열세를 뒤집을 방법은 없었다.

근위기사들은 시우의 눈치를 보았다.

상황을 보아하니 그들만으로 해결하기에는 조금 어려웠으니 혹시 시우가 도와주진 않을까 싶었던 것이다. 그렇다고 대놓고 도움을 요구하기에는 자존심이 상하고 말이다.

그런 근위기사들의 생각을 감안한 것일까?

시우가 입을 열었다.

"아, 그리고 녀석들을 제압할 때 해치지 않게 조심해. 전부 쓰러트린 뒤에 묻고 싶은 것이 있으니까."

근위기사들은 그런 시우의 요구에 어처구니가 없었다.

중상을 각오하고 죽자 사자 싸워도 이길 수 있을지 알 수 없는데 이런 상황에서 상대가 다치지 않도록 배려하면서 싸우라니, 말도 되지 않는 소리였기 때문이었다.

그러나 시우는 별다른 걱정을 하지 않는 눈치였다. 시우는 팔짱을 끼면서 손 놓고 구경할 태세를 취했다.

그런 시우의 모습에 나선 것은 시우와 함께 행동하던 세 명의 여인이었다.

근위기사들의 얼굴에 의문이 떠올랐다.

근위기사들은 그녀들이 싸우는 것을 보지 못했다. 그녀들은 무기를 차고 있지도 않았다. 단지 수인족들 중에서도 전투에 일가견이 있는 묘인이 있다는 사실로 그녀는 전력에 큰 도움이 될 수도 있을 거라고 생각했을 뿐이다. 하지만 나머지 두 명, 소라와 에리카는 전력이라는 생각을 해본 일은 없었다.

근위기사들은 다시 한 번 시우의 눈치를 보았지만 역시나 시우는 팔짱을 끼고 아무런 행동도 하지 않는 모양이었다. 그것으로 보아 아마 그녀들도 어느 정도 싸울 줄 아는 모양이었는데 근위기사들은 걱정이 되지 않을 수 없었다.

상대하는 적들은 전원이 원력을 다룰 줄 아는 익시더들이었다. 어느 정도 실력을 갖추고 있지 않다면 전투에 참가해도 오히려 방해가 될 수도 있었다.

특히 근위기사들은 에리카의 참전을 염려했다.

그녀의 나이가 이제 열둘이라는 사실은 지난 며칠 행동을 같이 하면서 들은 바가 있었다. 그토록 어린 소녀가 익시더들을 상대로 싸울 수 있을 거라고는 생각하기 힘들었던 것이다.

그러나 전투가 시작되자 근위기사들은 소라와 에리카의 모습을 찾아볼 수도 없었다.

방금 전까지만 해도 그들은 에리카를 바라보며 근심하고 있었는데 그 다음 순간 그녀의 기척이 씻은 듯이 사라지더니 적들이 하나둘 쓰러지기 시작했던 것이었다.

근위기사들은 그 기이한 현상에 넋을 놓지 않을 수 없었다.

정황으로 보아 모습이 사라진 소라와 에리카가 적들을 쓰러트리는 모양이었는데 근위기사들의 시선에서는 산적들이 혼자서 쓰러지는 것처럼 보였기 때문이었다.

그 순간 근위기사들의 뇌리로 하나의 단어가 스쳐갔다.

어쌔신!

세상에는 빛이 있으면 어둠이 있는 법이었다. 그것은 아무리 공명정대하게 보이는 국가라도 어쩔 수가 없는 세상의 이치였다.

특히 타국의 정세를 살피고 국가기밀과 같은 정보를 미리 파악하는 정보전은 국가의 존립과도 관계된 매우 중요한 일이었다.

그래서 모든 국가에는 나름대로의 정보 조직이 있었다.

상대의 방심을 끌어낼 수 있는 아녀자들은 물론 평범한 인상의 남자들을 훈련시켜 적국의 정보를 빼올 수 있는 첩자들. 때로는 조국의 뜻에 저촉되는 자나 적국의 요인을 남몰래 사살할 수 있는 암살자들.

그러한 훈련을 받은 자들을 어쌔신이라고 불렀다.

당연히 임펠스 왕국에도 어쌔신이 있었다. 빛이 있는 곳에서 왕족의 수호를 맡는 것이 근위기사라면 어두운 곳에서 왕족을 지키기 위해 암약하는 근위 암살자라는 존재도 있었기 때문이었다.

그러한 자들은 대부분이 어리다. 암살자들은 정신 교육이 매우 중요하기 때문에 갓난아기일 때부터 훈련을 시작하는 경우가 많았고, 일단 암살자로 활동하게 되면 위험한 임무에 투입되는 경우가 많다보니 수명이 짧을 수밖에 없었던 것이다.

근위기사들은 직접 보고도 기척을 느낄 수 없는 그녀들, 소라와 에리카의 모습에 그녀들이 어쌔신일 것이라고 확신했던 것이다.

아무리 무력이 뛰어나다 하지만 평범한 시민 신분인 시우가 어째서 어쌔신과 함께 행동하는 것인지 근위기사들은 알 수가 없었다.

어쌔신의 기척을 숨기는 훈련, 적 세력에게 붙잡힐 상황에 대비해 고문에 견디는 훈련, 임무에 실패할 경우 붙잡히기 전에 스스로 목숨을 끊을 수 있는 정신 훈련 등 하나의 어쌔신을 키우기 위해서라면 제법 많은 희생과 큰 규모의 시설을 필요로 했기 때문이었다.

어쌔신이라는 것은 개인이 사사롭게 육성할 수 있는 존재가 아니라는 뜻이었다.

그런 의문과 함께 시우를 향한 근위기사들의 평가가 재조정되었다.

지난 며칠간 시우와 함께 행동하면서 세간에 알려진 인상이나 실력과는 다르게 성격 자체는 평범한 인물이라는 평가를 내렸었다. 무례하긴 했지만 딱히 경계할 자는 아니라고 말이다.

그러나 그와 함께 행동하던 여자 중 둘이 어쌔신이라는 사실을 깨닫고 보니 시우의 정체가 다시 수수께끼 속으로 빠지는 기분이 들었다.

생각해보면 그들이 체슈라는 인물에 대해 아는 것은 세간의 소문이 전부였다. 다시 말하자면 그의 이름 외에는 아무 것도 알지 못했다.

그가 어느 나라 출신인지, 왜 알덴브룩 제국과 적대하고 있는지, 어째서 현상수배범이 되었는지 아는 것이 하나도 없었던 것이다.

근위기사들의 머릿속은 어지러워졌지만 지금 당장 생각을 정돈할 여유는 없었다. 두 암살자들의 활약이 대단하긴 했으나 적의 수는 많았으니까. 동료들이 하나하나 쓰러져나가자 산적들은 뒤에 빠져있는 시우와 아리에타를 비전투요원으로 판단했는지 그들에게 달려들고 있었다.

시우야 제 한 몸 건사할 능력이 있고 물론 아리에타를

지킬 능력도 있었지만 공주의 호위를 타인에게 맡기는 것은 그들의 자존심이 허용하지 않았다.

아리에타에게 달려드는 산적들을 가로막고 검을 마주쳤다.

시우는 근위기사와 싸우는 산적들의 검술을 주의 깊게 지켜보았다. 그리고 눈에 이채를 띠었다.

시우가 지난 반년 사이 익힌 다섯 가지 검술은 수많은 현상금 사냥꾼들 중에서도 시우가 배우고 싶다고 생각한 뛰어난 검술들이었다.

그리고 그 중 하나가 반 알덴브룩 연합국 중 하나인 세렌티아 왕국 검술이었다. 그런데 놀랍게도 근위기사들과 싸우는 산적들도 세렌티아 왕국 검술을 사용하고 있었던 것이다.

세렌티아 왕국 검술은 세렌티아 왕국 근위 기사단 혹은 왕족만이 배울 수 있는 비전의 검술이었다. 알덴브룩 제국에 의해 나라를 잃은 세렌티아의 근위기사가 스스로의 신분을 숨기고 현상금 사냥꾼이 되어 시우를 쫓던 걸 시우가 제압해 그의 검술을 배울 수 있었던 것이다.

그렇다면 저 자 또한 세렌티아 왕국의 근위기사인 것일까?

가만히 지켜보니 산적들이 사용하는 검술은 통일되어 있지 않았다. 세렌티아 왕국 검술을 쓰는 자가 두 명쯤,

그리고 나머지도 그와 비교해 결코 뒤떨어지지 않는 뛰어난 검술들을 소유하고 있었다.

3명의 임펠스 근위기사들은 5명의 산적에 맞서 곤욕을 치르고 있었다. 그들의 실력이 예상했던 것보다 더욱 뛰어났던 것이다. 다행이라면 리나와 소라 그리고 에리카의 활약으로 나머지 산적들을 손쉽게 제압했다는 것이었다.

그리고 근위기사들도 머지않아 5명의 산적들을 제압할 수 있었다.

산적들은 스스로의 실력에 자부심이 있었던 듯 시우 일행에게 제압당한 것이 허탈한 눈치였다.

그들의 두령으로 예상되는 자가 입을 열었다.

"죽여라. 너희가 원하는 것이 무엇인지 모르겠지만 우리에게서 얻어갈 것은 아무것도 없을 것이다."

시우는 제법 단호하게 말하는 사내의 모습에 감탄했다.

지금까지 시우가 겪은 인물상은 모두가 하나같이 자신의 위신만을 걱정하는 자들뿐이었다. 그런데 놀랍게도 남의 재산을 빼앗아 생활하는 산적이라는 자가 웬만한 기사보다 삶에 초연했으니 시우가 이상하게 여기는 것도 당연한 일이었다.

애초에 이들에 정체에 대해서는 그들이 등장할 때부

터 매우 의아해 하던 바였다.

시우가 이곳에서 생활하게 된 지 3년째가 되었지만 헤카테리아에 산적이 횡행한다는 소식은 들어본 적이 없었기 때문이었다.

이 세계는 산적이 생활하기에 무척 힘든 환경이었던 것이다.

괜히 물건을 옮기던 상인 길드 소속의 마차라도 습격하게 될 경우 한 놈이라도 살려 보내면 용병들에게 대대적인 산적 소탕 의뢰가 들어가고 심지어는 막대한 금력 및 상인 길드의 권력으로 영주의 도움을 받아 기사단이 출동하게 되는 경우가 있었던 것이다.

그러한 상황이 벌어지게 되면 산적들은 소굴을 떠나 꽁무니를 빼야 했으니 산채, 목책 따위를 지을 여유가 없었다. 언제 소굴을 떠나야 할 지 알 수 없으니 당연히 집도 허술했다. 나무로 기둥을 세워 천 따위로 둘러친 천막 형태의 거지에 가까운 생활을 하는 것이다.

아니, 어쩌면 성벽 안에서 지내는 만큼 거지들이 나은 생활을 하는지도 몰랐다.

주변 영지나 마을 사람들의 물건을 빼앗아 생활하는 산적이 그들과 함께 생활할 수는 없는 일이니 그들의 소굴은 산이나 숲 따위에 있을 수밖에 없었으니까.

몬스터를 상대하는데 있어 산채나 목책 따위의 방어

수단이 있고 없고의 차이는 매우 컸으므로 산적들의 생활은 고단했고 그러므로 그 수가 매우 적을 수밖에 없었다.

그런데 무려 익시더나 되는 자들이 고생을 자처해 산적질을 하고 있으니 상황이 묘하게 돌아가고 있었던 것이다.

"너희들은 말하지 않아도 돼."

시우는 왼쪽 눈을 가렸다.

Respawn

NEO FUSION FANTASY STORY & ADVENTURE

29장.

무역도시 크란데

리스폰

후 슬란 Lv.155

반 알덴브룩 연합국 중 하나인 프렌디아나 왕국의 근위기사단장. 알덴브룩 제국과의 전쟁에 패한 뒤 연합국의 병력들과 함께 도주, 생존했다. 살아남은 것까지는 좋으나 패주했다는 사실에 죄책감을 느끼고 있다. 현재는 복수를 위해 후일을 기약하며 산적질로 연명하고 있다.

즉 산적들의 정체는 패잔병이었다.

그것도 무려 연합국의 근위기사들로 이루어진 패잔병.

어떻게 보면 아리에타나 임펠스의 근위기사들과 비슷한 입장이라 할 수 있었다. 그들의 왕족은 모두 숙청당해 목이 떨어졌다는 것만 제외하면 말이다.

하긴 범죄자와 같이 신분을 숨겨야 하는 자가 아니면 과연 누가 산적질 따위를 하려고 하겠는가. 이들도 살아남기 위해 어쩔 수 없이 산적질을 해야 했을 것이다.

알덴브룩 제국은 막강한 군사력으로 남부를 통일했지만 전란의 영향으로 치안이 불안해져 있는 상황이었다.

수많은 패잔병들은 살아남기 위해 산적 따위의 범죄자가 되어 활동하거나 레지스탕스에 소속되어 저항을 계속하고 있었다. 알덴브룩은 그 사후 처리만으로도 꽤나 골머리를 앓고 있을 것이 틀림없었다.

시우는 이들을 어떻게 처리해야 할 지 고민했다.

알덴브룩 제국에 원한을 품은 이상 이들은 시우의 아군이라 보아도 상관없었다. 그러나 반대로 이들이 시우를 아군이라 생각할 지는 별개라는 것이 문제였다.

시우는 문득 뭔가를 떠올리고 물었다.

"너희 혹시 체슈가 누군지 알아?"

시우의 질문에 산적들은 눈살을 찌푸렸다. 그리고 그 중 몇몇이 시우를 알아보았는지 눈을 동그랗게 치떴다.

"검은 머리의 악마, 체슈!"

"알덴브룩의 악몽!"

시우는 어쩐지 소문이 더 악화된 거 같은 기분이 들었다.

그러나 그들의 입에서 나오는 흉악한 이름과는 다르게 산적들은 시우를 향해 호의적인 감정을 내비쳤다.

시우로서는 의아한 일이 아닐 수 없었다.

물론 시우도 아군이길 알아줬으면 하는 마음으로 체슈라는 이름을 밝힌 것이긴 했다. 그러나 체슈는 엄연히 흉악한 범죄자로써 이름을 날리고 있었다.

실제로 시우가 알덴브룩 제국에 입힌 피해는 컸지만 그것만으로 저런 호의를 가지는 것은 이해하기 어려운 일이었다.

적의 적은 아군이라는 말이 있다지만 그것도 적 나름이었다. 사사로운 이득을 위해 깽판을 부리는 자를 아군으로 받아들일 수는 없는 일이었다.

하물며 기사도 정신을 최고의 가치로 생각하는 근위기사들이 살인, 방화, 강간 등의 갖가지 끔찍한 죄목과 악마니 악몽이니 하는 험악한 명성을 떨치는 자를 호의적으로 생각한다는 것이 말이나 될까?

시우는 말이 되건 안 되건 실제로 호의적인 태도로 바뀐 산적들의 모습에 고개를 저을 수밖에 없었다.

"정말 검은 머리의 악마 체슈님이십니까?"

"그 검은 머리니 악마니 하는 말은 불쾌하지만 내 이름이 체슈이긴 하지."

시우의 말에 슬란은 허탈한 웃음을 지었다.

"악마도 상대 나름입니다. 본디 악마란 타락한 영혼을 폐기 처분하는 신의 사쟈입니다. 정의로운 자는 결코 악마를 두려워할 필요가 없죠."

시우는 슬란의 참신한 해석에 고개를 끄덕이다가 피식 웃음을 터트렸다.

"그러는 산적은 정의롭고?"

슬란은 풀이 죽어 고개를 푹 숙였다.

아무리 살기 위한 일이었다지만 스스로의 행동이 부끄러운 줄은 아는 모양이었다.

"산적질은 결코 정의롭다 할 수 없으나 적어도 산적질을 하면서 무고한 자를 해치는 일은 없었습니다. 대부분의 경우 알덴브룩 측에서 운용하는 군수물자를 대상으로 약탈을 해왔으니까요."

하긴 저들의 실력이라면 아우라를 뿜어대며 협박만 하더라도 웬만한 행인들은 전투의지를 잃어버리고 말겠지. 무고한 자를 해치지 않았다는 슬란의 말은 사실일 것이다.

그러나 시우가 신경 쓰이는 일은 따로 있었다.

"알덴브룩의 군수물자를?"

시우는 고개를 갸웃거렸다.

아무리 남부를 알덴브룩 제국이 통일했다고는 해도 아직 저항군들이 활동하는 마당이었다. 당연히 알덴브룩 제국도 군수물자를 운용하는 것에는 세심하게 주의를 기울이고 있었다.

알덴브룩 제국의 군수물자가 어떤 경로로, 언제 이동될지는 저항군이라도 알 수 없는 최중요 군사기밀이었다. 그런데 슬란은 마치 여러 차례 알덴브룩 제국의 군수물자를 빼돌렸다는 듯이 말하고 있었으니 시우가 의문으로 생각하는 것도 당연한 일이었다.

"예. 저희에게도 믿을만한 정보 조직이 있으니까요."

시우의 표정이 묘해졌다.

그들의 신분이 연합국의 근위기사라는 것을 아는 상황에서 믿을만한 정보 조직이라는 말에 짐작 가는 바가 있었기 때문이었다.

연합국의 어쌔신들 말이다.

임펠스의 어쌔신들은 수도가 함락되면서 해체된 모양이었지만 연합국의 어쌔신들은 살아남은 모양이었다. 연합국의 왕족이 모두 죽은 순간 슬란은 패잔병들이 흩어져 힘을 잃지 않도록 구심점 역할을 한 것이다.

물론 그 과정에서 적을 등지고 도망을 쳐야 했다는 선택에 슬란은 죄책감을 느끼고 있었지만 말이다.

그러나 시우는 슬란을 이해할 수 없었다.

정보 조직의 힘은 강력했다. 그리고 그 존재는 철저히 비밀에 붙여둬야 제대로 된 힘을 발휘할 수 있었다.

정황상 정보 조직의 존재가 확실하다 하더라도 어디까지나 그런 것은 없다는 듯 시치미를 떼야 하는 것이 정보 조직이라는 존재였다.

"도대체 왜 내게 그런 말을 하는 거지?"

시우는 그들의 호의적인 태도를 이해할 수 없었다.

"나는 범죄자라고?"

시우의 말에 슬란은 피식 웃음을 터트렸다.

"그렇게 따지면 저도, 저희 모두 범죄자입니다. 그리고 당신이 결백하다는 사실은 이미 알고 있습니다. 말했죠? 정보 조직이 있다고. 저희는 앞으로 다가올 혁명의 날을 위해 우리의 힘이 될 수 있는 사람들을 비밀리에 조사했습니다. 물론 알덴브룩의 악몽인 체슈님에 대해서도 조사를 마쳤죠. 아카리나 대륙 최남단 출생, 유흥의 신 게임의 사제이며 저항군 측의 정보에 의하면 게임 교단의 성자일 가능성 높음. 지금으로부터 2년 전, 16세의 나이로 처음 이름을 알림. 당시 검은 머리의 악마는 베헬라의 마법사라는 별호로 알려졌으며 같이 임무를 수행한 용병들 사이에서 인망이 두터운 것으로 알려짐. 이후 드래곤 사냥 임무에 참가했으나 그것은 수아제트

의 함정이었고 수아제트의 한쪽 눈을 뭉개고 생존하는
데 성공. 이후 광룡 수아제트에게 현상금이 걸려 원죄로
인해 수배를 받음. 그러나 그것을 이용해 도리어 함정을
파 광룡 수아제트의 동료인 아이시크를 처치하는데 성
공. 저항군 발족에 지대한 역할을 함. 그 후 광룡 수아제
트를 끌어들이기 위한 일환으로 알덴브룩 소속의 수많
은 기사단, 마법사단을 제압해왔으며 알덴브룩의 악몽
이라는 별호를 얻음."

시우는 지나칠 정도로 상세하게 지난 시우의 활동에
대해 읊어놓는 슬란의 말에 당황했다. 정보 조직의 정보
수집 능력을 얕본 것은 아니지만 설마하니 이 정도까지
상세하게 알아낼 줄은 몰랐기 때문이었다.

시우는 저들이 보인 호의에 대해 이제야 겨우 이해할
수 있었다.

저들에게 있어 시우는 영웅인 것이다.

마신 파일로스에게 대항하는 한 명의 성자로서, 드래
곤을 처치한 드래곤 슬레이어로서 말이다. 그러한 업적
을 고작 18세의 어린 나이로 이뤄냈으니 알덴브룩 제국
에 의해 나라를 잃은 저들에게는 시우가 동화 속 주인공
처럼 느껴졌을 것이다.

시우는 아리에타와 그녀의 기사들에게 뜨거운 시선을
받으며 멋쩍은 표정을 지었다.

"일단 저들을 풀어줘."

시우의 말에 리나가 대답했다.

"괜찮냐? 놈들은 우리를 습격한 산적이냐."

"괜찮아. 그냥 산적이 아니고 연합국의 패잔병들이니까."

슬란은 자신들의 정체를 알아낸 시우의 말에 조금 놀라는 눈치였지만 딱히 이상하게 여기지는 않았다.

연합국의 어쌔신들이 정보를 조합한 끝에 시우가 유흥의 신이라는 낯선 신의 성자일 가능성이 있다는 사실을 들었다. 신의 권능을 허락받은 성인들은 계시나 신안 등의 수단으로 미래나 과거, 사람의 생각까지도 읽어내는 능력이 있었으니 저러한 시우의 능력도 그러한 권능의 일종일 것이라고 확신했던 것이다.

검은 머리의 악마라 불리는 자가 성자라는 사실은 제법 아이러니했지만 말이다.

"너희의 소굴로 안내해. 묻고 싶은 것이 있으니까."

"예. 체슈님. 따라오십시오."

슬란은 두말하지 않고 시우를 그들의 소굴로 안내했다.

그들의 소굴에는 생각보다 사람이 많았다.

대충 세어보아도 세 자리 숫자가 넘어가는 머릿수였다.

그들은 전부 병사들로 이루어진 것은 아니었다. 패잔병들은 도망치는 와중에 평민들도 다수 수용한 모양이었다.

하긴 그들을 남겨두고 오면 무슨 꼴을 당할 지 눈에 훤했으니까.

그들은 낯선 사람들이 거처에 들어오자 겁에 질린 표정을 지었다. 그리고 시우는 그들 가운데 어쌔신들이 섞여 있음을 직감했다.

겉으로 보아서는 평범한 아낙네와 어쌔신을 구별하기란 불가능에 가까웠지만 시우는 알테인들의 은신술도 간파할 능력을 가지고 있었다. 알테인들과 흡사하지만 미숙한 은신술로 주변과 섞여든 어쌔신들을 솎아 내는 것은 어려운 일도 아니었다.

슬란은 나름 이들의 우두머리라고 다른 천막과 비교해 조금 더 큰 천막으로 들어가며 얼굴을 붉혔다. 더 크다고는 하지만 허름한 가죽 따위로 덧댄 천막은 거처라고 부르기도 부끄러운 장소였기 때문이었다.

"누추한 곳으로 모시게 되어 죄송스럽습니다."

그러나 시우는 이미 이들의 이러한 현실을 짐작하고 있었으므로 별로 신경 쓰지 않았다.

하지만 의문이 들기는 했다.

"듣자하니 알덴브룩의 군수물자를 빼돌렸다면서, 어째서 이토록 어렵게 사는 거지?"

모르긴 몰라도 그렇게 빼돌린 군수물자를 되팔면 제법 부유하게 사는 것도 가능할 것이다. 언제 적들의 추격이 있을지 모르니 집은 둘째 치고 입고 먹는 것에서는 걱정이 사라지겠지. 그러나 이곳을 둘러본 시우의 인상으로는 결코 잘 먹고 잘 산다는 느낌은 아니었다.

다들 허름한 차림에 삐쩍 마른 모습이 제대로 먹지도 못한다는 느낌을 받았다.

"놈들에게서 빼돌린 군수물자는 앞으로 다가올 혁명의 날에 필요한 물건들입니다. 그리고 이 군수물자를 되판다는 사실은 놈들의 군사력을 회복시켜 준다는 의미니까요."

하긴 알덴브룩 제국이 남부를 지배한 마당에 놈들에게 군수물자를 돌려주지 않고 판매하려면 북부에 내다 파는 수밖에는 없을 것이다. 그것이 어려운 상황이니 아무리 힘들어도 군수물자를 팔아넘길 수는 없었겠지.

'그래서 산적질을 하던 것이었군.'

시우는 고개를 끄덕였다.

식구는 많은데 군수물자를 빼돌리는 것만으로는 먹고 살 수가 없으니 필연적으로 산적질을 하게 될 수밖에 없었던 것이었다. 그들의 신분으로는 정상적인 직업을 찾을 수 없었으니까.

의문이 해결되자 시우는 본론으로 들어갔다.

"너희의 정보력을 신용하고 물어보고 싶은 것이 있어."

"제가 아는 것이라면 무엇이든 대답해 드리겠습니다."

슬란은 필요하다면 간도 쓸개도 전부 내어줄 것처럼 대답했다.

"혹시 수아제트의 탑이 어디에 있는지 알아?"

시우는 자신의 과거까지 상세하게 캐낸 연합국의 어쌔신들이라면 혹시 알고 있지 않을까 기대에 찬 표정을 짓고 있었다.

그러나 슬란은 시우의 질문에 죄송스러운 표정을 지었다.

"그것은 저희도 계속 조사를 계속하고 있지만 아직은……."

안덴브룩의 황제도 드래곤들의 탑이 어디에 있는지는 모르는 실정이었다. 아무리 연합국 어쌔신들의 정보 수집 능력이 뛰어나다고는 해도 아무도 모르는 정보에 대해서 캐내는 것은 능력 밖의 일이었다.

시우는 깊은 한숨을 내쉬었다.

이럴 가능성에 대해서 예상하지 않은 것은 아니었지만 기대가 컸던 만큼 실망도 컸던 것이다.

시우는 뒤를 이어 알덴브룩의 움직임에 대해 질문했다.

이를테면 수아제트는 포스칸들을 붙잡아가 전쟁에 쓰일 세실강을 찍어내려 하고 있으니 분명 그를 위한 움직임이 있을 거라고 추측했던 것이다.

세실강의 재료를 대량으로 구입한다거나 아니면 이미 세실강이 만들어지고 있다거나.

수아제트가 포스칸을 세뇌해 세실강을 찍어내려 한다는 말에 슬란의 표정도 암울해졌다.

연합국의 어쌔신들도 그 정보에 대해서는 이미 파악한 상태였다. 최근 약탈한 알덴브룩의 군수물자에 세실강의 재료가 다수 포함되어 있었으니까.

그러나 재료를 옮기는 작업은 오로지 수아제트가 공간이동 마법으로 행해졌기 때문에 어디서 얼마나 만들어졌는지는 알아낼 수 없었다.

시우는 연합국 어쌔신들을 향한 신용이 점점 떨어지는 기분이 들었다.

그런 시우의 눈치를 깨달은 것일까?

슬란은 알덴브룩의 군사기밀에 대해 알리기 위해 정보부장을 불렀다.

정보부장은 왼쪽 눈에 안대를 낀 갈색 머리의 여인이었다.

그녀도 한때는 어쌔신으로 활약하던 현장대원이었지만 임무 중 정체가 발각되어 고문을 받게 된 후 한쪽 눈과 전신의 힘줄을 다치고 말았다. 다행히 동료 어쌔신들의 활약으로 구출에 성공, 포션을 통해 일상생활이 가능할 정도로는 회복했지만 더 이상 일선에서 활동하는 것은 불가능했다.

그러나 현장에서 일을 하진 못해도 자잘한 정보를 취합하고 드러나지 않은 정보를 캐내는 능력이 뛰어났기 때문에 연합국이 패망한 뒤 슬란은 그녀를 정보부장으로 등용하고 있었다.

"만나서 반갑습니다. 체슈님. 제 이름은 아르네. 부족하나마 연합국의 정보부장으로 활동하고 있습니다."

"긴 설명은 필요 없겠지. 체슈다. 알덴브룩의 활동에 대해 나눌 말이 있다고?"

"예. 현재 알덴브룩은 남부를 통일하고 일단 휴전을 취하는 듯 보입니다만, 알덴브룩의 욕망은 여기서 끝이 아닙니다. 그들은 북부의 땅 마저 욕심을 내고 있고 결국에는 헤카테리아 대륙을 일통하려는 목적을 가지고 있습니다."

이는 대세적으로 알려진 알덴브룩의 활동만 생각하면 놀라운 말이었지만 시우는 아무렇지도 않았다. 그거야 조금이라도 속내를 아는 사람이라면 모를 수 없는 정보였다.

이를테면 휴전을 취하면서 계속해서 군수물자를 모으고 있다는 사실.

남부가 통일 되었는데도 불구하고 알덴브룩은 계속해서 군수물자를 매입하고 있었다. 만약 알덴브룩이 정말로 남부 통일로 만족하고 전쟁을 끝내려 했다면 군수물자의 이동이 있을 리가 없었다.

그러나 군수물자는 끊임없이 앞으로 다가올 전쟁에 대비해 이리저리 재배치되고 있었고 그런 탓에 연합국 측에서도 군수물자를 약탈할 수 있었던 것이다.

군수물자를 비밀리에 이동시키기 위해서는 최소한의 병력만으로 그것을 옮겨야 했으니 군수물자가 이동하는 순간이 그것을 약탈하기 위한 최선의 타이밍이었던 것이다.

둘째로 포스칸을 세뇌해 세실강을 찍어내고 있다는 사실.

이는 최중요 군사기밀에 해당하는 것이었지만 알덴브룩이 매입하는 군수물자의 목록을 알고 어느 정도 정보를 취합할 능력이 있다면 알아낼 수 있는 정보였다.

수아제트의 탑에서 세실강으로 만들어진 몬스터가 등장했다는 사실은 세리카의 희생으로 목숨을 건진 드래곤 사냥꾼들에 의해 밝혀진 사실이었고, 임펠스가 함락되던 것과 비슷한 시기에 포스칸들의 마을 테트라의 주민들이 실종되었다는 정보와 세실강의 재료를 알덴브룩에서 매입하고 있다는 정보를 조합하면 결과는 명백했다.

게다가 거기에 더해 시우는 이들이 모르는 정보를 하나 더 알고 있었다.

"게다가 드래곤들의 목적은 인간 사회를 무너트리고 드래곤들을 위한 신세계의 왕이 되는 것이니까. 고작 남부를 통일했다고 만족할 드래곤들이 아니야."

시우의 발언에 슬란과 아르네는 신음을 흘렸다.

그것은 연합국 정보부에서도 미처 파악하지 못한 정보였다.

아니, 연합국뿐 아니라 페르시온 제국 및 대륙의 모든 국가에서도 어째서 드래곤들이 알덴브룩 제국에 협력해 전쟁에 참여하고 있는지는 의문투성이였다.

지금까지의 모든 성인들은 인간에서, 그 중에서도 신분이 낮은 자를 통해서만 나타났다. 성인은 신의 권능을 허락받고 그 신을 대표해 행동하는 성스러운 존재였지만 신에게는 성인의 행동을 제한하고 제약할 권리가 없었다.

신은 계시를 통해 이렇게 행동해야 한다고 제안할 수는 있지만 어디까지나 거기에 따를지는 신의 사자로 선택된 자의 의지였던 것이다.

그러다보니 신분이 높거나 야망이 큰 자는 성인으로 선택되지 않았던 것이다. 기껏 신의 권능을 허락했더니 그것을 전쟁 따위에나 허비하는 것은 신이 원하는 바가 아니었으니까.

반면에 신분이 낮은 자에게 신의 권능을 허용하면 그들은 신의 뜻을 최대한 이루기 위해 최선을 다했다.

성인으로 뽑혔다는 사실 자체로 그들은 교황과 비교되는 성대한 대우를 받을 수 있었으나 그것은 그들이 신의 사자가 되었기 때문이었으니까.

신의 사자로서 활동하지 않는 성인은 교단에 불필요한 존재였고, 계속해서 필요한 존재가 되기 위해선 신의 사자로서 활발하게 활동할 수밖에는 없었으니까.

아무런 대가를 바라지 않고 선행을 베푸는 성인에 대한 환상이 무너지는 현실적인 이유였지만 인간이란 본디 이기적인 존재이니 어쩔 수가 없는 일이었다.

그런 의미에서 보면 파괴의 신 파일로스가 드래곤을 성인, 아니 성룡으로 선택하게 된 것은 굉장히 파격적이라 말할 수 있었다.

반신이라 불리는 드래곤이 신의 계시에 따를 것이라고 보기는 힘들었으니까.

파일로스의 성룡으로 뽑힌 것과는 별개로 베네모스도 스스로 이득이 되는 것이 있으니까 알덴브룩과 손을 잡고 있을 거라 생각하긴 했지만, 설마하니 인간 사회를 무너트리고 드래곤을 위한 신세계를 만드는 것이 목적이었다니.

"확실한 정보인가요? 도대체 어떻게……."

슬란은 도무지 믿기가 힘들었다. 그만큼 시우의 입에서 나온 사실은 충격적인 정보였다.

게다가 이 정보가 사실이라고 쳐도 도대체 어떤 방법으로 알아냈단 말인가?

연합국의 정보부는 네 개국의 어쌔신들이 통합되었다. 때문에 정보력에서 둘째가라면 서러울 정도였는데 그런 그들도 드래곤들의 목적에 대해서는 아무것도 알아낼 수 없었다.

슬란이 슬쩍 어쌔신으로 추측되는 두 여인, 소라와 에리카를 보았지만 그녀들의 정보 수집 능력이 무력만큼이나 뛰어나다 하더라도 얻을 수 있는 정보는 아니었다.

시우는 이들을 어떻게 설득할까 잠시 고민했다.

그러다 떠오른 것이 성인에게 허락된 신의 권능이었다.

성인들에게는 각자 인간의 상식으로는 형용할 수 없는 신의 권능이 허락되어 있었다.

저들은 과거 시우가 거짓으로 흘린 정보들을 취합해 유흥의 신이라는 거짓 신의 성자라고 착각하고 있었다. 그것을 이용하면 시우의 타겟팅 능력을 신의 권능이라고 납득시키는 것도 어렵지 않을 것이다.

그런 시우의 발언에 슬란과 아르네는 눈에 이채를 띄었다.

"죄송하지만 그 능력을 시험해 봐도 좋을까요?"

아무래도 정보의 종류가 예민한 사항이다 보니 시우의 능력에 확신이 필요한 모양이었다.

시우는 흔쾌히 허락했다.

이내 슬란과 아르네가 데리고 온 몇몇 사람들을 타겟팅한 시우는 그들 본인이 아니면 알 수 없는 정보에 대해서 늘어놓으며 스스로의 능력에 대해서 증명할 수 있었다.

모두가 놀라는 가운데 시우는 상념에 빠졌다.

'어째서 내게 이런 능력이 있는 거지?'

시우의 영혼이 게임 속 캐릭터의 육체를 가지고 이계에 넘어온 것은 백번 양보해서 그럴 수 있다고 하더라도 어떻게 왼쪽 눈을 가리는 것만으로 사물이나 인물의 과거까지 알아낼 수 있는 걸까?

지금까지 겪어본 바에 의하면 시우는 이 세계의 신이 허락하는 모든 혜택에 대해서 제외되어 있었다.

시우의 몸에 닿는 성력은 그대로 소멸했으며 성법이라 하더라도 시우에겐 아무런 효력도 발휘하지 못했다.

그렇다면 이 능력, 신의 권한으로밖에 형용할 수 없는 능력들은 도대체 무엇일까?

시간마저 동결시키는 아이템창, 그 안에 잠들어있는

수많은 기상천외한 아이템, 강력한 힘을 발휘하는 스킬들. 단지 이곳이 게임이라고 생각한다면 결코 이상할 것이 없는 능력들이었지만 이곳이 현실이라고 생각하니 도저히 의문을 감출 수 없었다.

"체슈?"

상념에 잠긴 시우를 소라가 일깨웠다.

시우는 간신히 정신을 차릴 수 있었다.

"하던 이야기로 돌아가 볼까?"

시우는 그렇게 분위기를 환기하고 다시 입을 열었다.

알덴브룩 제국의 목적이 대륙 통일이라는 사실은 이제 와서 다시 말할 것도 없었다. 그들과 손을 잡은 드래곤들의 목적 자체가 인간 사회를 무너트리는 것이었으니까.

문제는 그 수단이었다.

남부와 북부는 중부의 거대한 열대우림으로 가로막혀 있었다.

그들에게 협력하는 드래곤들이 있으니 공간이동 마법을 이용할 수도 있다고 생각하겠지만 아무리 드래곤들이라고 하더라도 공간이동 마법으로 옮길 수 있는 병력의 수에는 제한이 있었다.

드래곤 셋이 힘을 합쳐봐야 기껏 일만이나 옮길 수 있을까.

사실상 알덴브룩 제국에게 대륙을 통일할 군사력이 있다고 하더라도 실질적으로 전쟁을 성립시키기엔 무리가 있었다.

　가장 가능성이 있다면 바다를 통해 배를 타고 병력을 이동시키는 방법도 있었지만 페르시온 제국에서 그러한 알덴브룩 제국의 의도를 파악하지 못할 리가 없었다.

　그러나 그런 시우의 추측에 아르네는 고개를 저었다.

　"알덴브룩 제국은 육로를 통해 이동할 생각이에요."

　시우는 눈살을 찌푸렸다.

　"어떻게?"

　"중부 열대우림을 모조리 태운다는 모양입니다."

　아르네의 발언에 소라와 에리카가 움찔 몸을 떨었다. 열대우림에서 살아온 그녀들에게 그곳은 집이자 고향이었다. 그곳이 불태워진다는 소식에 결코 기분이 좋을 수는 없었다.

　시우는 그녀들의 반응에 잠시 생각을 정리하다가 입을 열었다.

　"그게 가능하긴 해?"

　중부의 열대우림은 남부에서 북부까지 최단 거리만 4,000킬로미터를 넘어가는 거대한 숲이었다. 그것을 전부 태워버린다고? 간단하게 들릴지는 모르겠지만 정말 터무니없는 행동이 아닐 수 없었다. 그야말로 파괴의 신을 섬기는 자들이 아니면 생각조차 못할 만행.

열대우림의 우기는 걸핏하면 비가 내려 불 따위는 금방 꺼질 것이 분명했다. 그러니 건기에 맞춰 숲을 태워야 하는데 그것도 문제였다.

건기와 우기는 적도를 기준으로 남반구와 북반구가 교차로 오게 되는데 건기와 우기는 반년에 걸쳐 교차한다. 적어도 숲을 태우려면 건기와 우기가 바뀌는 시기를 제대로 파악하고 철저히 계획적으로 움직여야 했다.

이러한 어처구니없는 계획을 실행에 옮긴다 하더라도 문제는 그뿐만이 아니었다.

열대우림 속에서 살고 있는 수많은 몬스터와 알테인들.

숲을 불태운다는 소리는 그들을 적으로 돌린다는 의미도 되었다.

수천 년에 걸쳐 몬스터를 몰아내온 결과 머나먼 과거 몬스터로 가득하던 대륙은 오늘날에 이르러서는 그 모습을 거의 찾아볼 수 없었다.

포션을 만들기 위해 쟈탄과 카스탄 같은 몬스터를 사냥하기 위해선 험한 산간벽지까지 원정을 나가야 했고 인간들이 모여 사는 마을 주변에선 몬스터를 찾아보기 힘들었다.

그럼 과거 그토록 많던 몬스터들은 다 어디로 갔을까?

전부 죽었을까?

아니었다. 머나먼 과거 대륙을 지배하던 몬스터들은 인간들의 토벌대에 의해 터전을 빼앗기고 살아남기 위해 열대우림으로 숨어 들어갔던 것이다.

만약 지금 몬스터들의 천국으로 화한 열대우림을 불태우게 된다면 지난 수천 년의 세월동안 잊힌 채 세를 불려온 수많은 몬스터들은 다시 대륙으로 모습을 드러낼 것이 틀림없었다.

결국은 숲만 태운다고 다 되는 문제가 아니라는 소리였다.

시우가 그 의문을 표하자 아르네가 대답했다.

"아까 말씀하셨던 체슈님의 말이 사실이라면 드래곤들은 신경도 쓰지 않겠죠. 몬스터들이 다시 대륙으로 뛰쳐나와 인간들의 권위에 도전을 한다한들 드래곤들의 방해가 되지 않는 이상 열대우림은 계획대로 불태워질 것입니다."

"오빠……."

에리카는 불안한 표정으로 시우를 부르며 울상을 지었다.

그녀의 가족은 알테인들의 숲이 불탄 탓에 아버지가 죽고, 세리카는 노예로 붙잡혀가고, 어머니는 혼자 살아남았다는 죄책감에 시름시름 앓다가 에리카를 낳고 죽었다.

그녀는 그러한 사정을 말로 전해 들었을 뿐이었지만

숲을 불태운다는 사실이 어떤 결과를 초래할지 알고 있는 만큼 알덴브룩의 계획이 두려울 수밖에 없었다.

시우도 가능하면 막고 싶다.

하지만 어떻게?

숲을 불태우겠다고 밀려오는 알덴브룩 제국군을 시우 혼자서 막아 설 수는 없는 일이 아닌가.

시우가 아무리 드래곤과 맞서 싸울 힘을 가지고 있다지만 머릿수에는 당해낼 수 없는 법이었다.

물론 상대가 병사에 한정된다면 시우는 무적에 가까운 힘을 발휘할 수 있었다. 하늘을 날면서 마법을 뿌리고 아우라로 만든 빛의 검으로 휘젓고 다니기만 해도 목숨을 쓸어 담을 수 있을 테니까.

하지만 알덴브룩은 남부를 통일한 통일 제국이었다.

수많은 마법사들이 알덴브룩의 회유에 넘어갔고, 그 많은 마법사들이 일시에 덤벼든다면 시우라도 손쓸 방법이 없었다.

방법이 있다면 마력을 주위에 둘러쳐 방어막을 펼치며 마법사들의 공격을 막고, 빛의 검을 통해 공격을 가할 수는 있을 것이다. 그러나 그것도 원력이 전부 고갈될 때까지의 일이었다.

아무리 시우라도 마력으로 마법사들의 공격을 막아내면서 리젠으로 원력을 회복할 방법은 없었다.

게다가 알덴브룩에는 드래곤도, 그리고 용기사라는 막강한 전력도 있었다. 그들이 적 병력 사이에 숨어있을 지도 모른다고 생각하면…….

시우는 머릿속으로 여러 방법을 시뮬레이션 해보았지만 혼자서는 답이 없었다.

그렇다면 페르시온 제국과 손을 잡으면 방법이 있을까?

시우는 고개를 저었다.

페르시온 제국 '만' 으로는 아무런 소용이 없었다.

그것도 그럴 것이 알덴브룩 제국군들도 열대우림이 전쟁에 방해가 되니까 그것을 불태우겠다고 하는 것이 아닌가.

하지만 방법이 아주 없는 것은 아니었다.

주의할 것은 알덴브룩 제국이 열대우림을 불태우려 한다는 사실이었다.

만약 시우가 페르시온 제국과 손을 잡고 거기에 더해 알테인들의 협력까지 받을 수 있다면?

알테인들의 도움을 받는다면 그 악명 높은 열대우림도 단순한 숲에 불과했다.

그 사실에 대해서는 이미 그곳에서 3개월가량을 생활해본 시우가 가장 잘 알고 있었다.

물론 이미 수많은 동포들이 인간들의 손에 죽고 노예로 붙잡혀간 탓에 알테인들에게 호의를 바라는 것은 무리일 것이다. 그러나 공공의 적을 눈앞에 두고 최고위 정령인 신령 리카와 계약을 맺은 시우가 중재를 한다면 가능성이 아주 없지는 않았다.

알덴브룩 제국이 전쟁을 위해서 그들의 터전을 불태우려 한다는 사실을 안다면 그것을 막기 위해서라도 페르시온 제국과 손을 잡을 수밖에 없을 테니까.

문제는 거기에 걸리는 시간이었다.

알덴브룩 제국이 숲을 불태운 뒤에는 소용이 없었다. 물론 그렇게 되면 알테인과 손을 잡는 것도 보다 쉬워지겠지만 지금 이 순간 시우의 목적은 전쟁에 승리하는 것뿐이 아니었다.

알테인들의 터전을 지킨다는 전제 조건이 깔린 위에서 승리하는 것. 그것이 지켜지지 않는다면 이 전쟁은 시우에게 아무런 의미도 없었다.

시우의 가장 숭고한 목적, 그것은 평온한 삶.

그 평온한 삶 속에는 소라와 에리카, 그리고 세리카가 살아갈 알테인들의 터전도 포함되어 있었으니까.

"걱정 마. 숲은 내가 지킬 테니까."

시우는 불안한 마음을 감추고 자신만만하게 말했다.

에리카의 표정이 다시 밝아졌다.

그녀는 시우라면 충분히 가능하리라고 생각하는 모양이었다.

아르네는 이어서 베네모스의 드래곤 회유가 얼마나 진행되었는지 입을 열었다.

시우는 드래곤에 관련된 정보는 알아내기 어려운 것이 아니었냐고 고개를 갸웃거렸지만 아르네의 말에 의하면 알덴브룩 제국은 얼마나 많은 드래곤이 회유됐는가 하는 점에 있어서는 숨길 생각을 하지 않는다는 모양이었다.

즉 이토록 많은 드래곤들이 알덴브룩 제국에 협력하고 있다는 것을 고의적으로 흘려 자국민 병사들의 사기를 고양시키고 적대할 국가에 간접적인 위협을 가한다는 의미였다.

"지금 당장은 마룡 베네모스에게 협력하는 드래곤은 광룡 수아제트와 새롭게 합류한 브로딕스뿐입니다."

아르네는 베네모스는 성룡이 아닌 마룡이라고 언급했다.

성룡은 신의 사자로 선택된 드래곤이자 성스러운 존재라는 의미를 가지고 있기 때문에 파괴의 신 파일로스를 마신으로 규정하는 국가에선 베네모스는 마룡이라고 불렀던 것이다.

"그러나 추후 10년 내에 알덴브룩 제국에 합류할 드래곤의 숫자는 세 개체가 넘습니다."

"뭐야. 그게? 추후 10년의 일을 어떻게 안다고……? 아!"

시우는 무언가 깨달았다는 표정으로 심각한 표정을 지었다.

"예. 동면입니다."

드래곤들이 알덴브룩 제국에 협력함에 있어서 얻을 수 있는 가장 큰 이득은 무엇일까?

마룡 베네모스의 계획을 제외하면 바로 동면을 취할 때 얻을 수 있는 안전에 있었다.

드래곤들은 동면에 히스테리를 가지고 있었다.

성장을 위해서 결코 빠질 수 없는 것이 바로 100년에 한 번 찾아오는 동면이었는데 동면기가 알려진 드래곤들은 잠 좀 자려고 누웠다 하면 인간들이 사냥하러 몰려드니 마음 놓고 동면을 취할 수가 없었던 것이다.

그래서 간혹 수아제트가 그랬던 것처럼 동면기를 속이는 드래곤도 있었고 심지어는 인간의 접촉을 최소화하기 위해 하늘을 나는 부유탑, 바다 속에 수중탑을 지어놓는 경우도 있었다.

그런 와중에 이제 막 동면기에 들어갈, 혹은 이미 들어간 드래곤들에게 베네모스가 접촉하여 제안한 것이다.

알덴브룩 제국에 협력하기로 약속한다면 지금부터 영원무궁 동면을 걱정할 필요는 없다고 말이다.

물론 폐쇄적인 드래곤들의 성격 상 단박에 그 제안을 받아들이는 드래곤은 없었지만 광룡 수아제트의 이름을 이용하면 드래곤들은 마지못해 베네모스에게 협력하기로 약속을 할 수밖에 없었다.

　드래곤들에게 있어 가장 큰 두려움은 동면에 찾아오는 인간이 아니었다. 동면에 찾아오는 동족, 바로 드래곤이다. 심지어는 이미 수차례 동족의 피를 손에 묻힌 것으로 유명한 수아제트를 언급하며 간접적인 협박을 해오는데 동면에 들어감으로 무력해진 드래곤들에게 다른 선택지가 존재할리 없었다.

　즉 회유와 협박을 통해 동면이 끝나는 10년 후 알덴브룩 제국에 합류하겠다고 약속한 드래곤이 벌써 세 개체나 된다는 이야기였다.

　물론 정말 동면이 끝난 후 베네모스에게 협력할 지, 아니면 동면중에 협박을 했다는 이유로 대적할 지는 해당 드래곤의 선택에 있었지만 아마 많은 수의 드래곤들이 베네모스의 계획에 가담할 것이라는 추측을 할 수 있었다.

　시우는 베네모스의 회유에 넘어갔다는 드래곤들의 목록을 정리하고 자리를 일어났다.

　슬란은 하룻밤이라도 머물다 가라고 사정을 했지만 시우는 거절하고 나왔다.

대신 저항군에게도 주었던 통신 마법 도구를 하나 더 만들어 슬란에게도 건네주었다.

"수아제트의 탑이 어디에 있는지 알게 되면 연락해."

"체슈님은 이제부터 어디를 가실 예정이십니까?"

시우는 아리에타 일행을 슬쩍 바라보고 입을 열었다.

"페르시온 제국에라도 한 번 가볼까 생각중이야."

아리에타 일행의 반응이 눈에 띄게 부자연스러웠지만 시우는 모른 체를 했다.

슬란은 시우의 말에 고개를 끄덕였다.

마치 시우가 그곳으로 가는 것이 당연하다는 태도였다.

"체슈님의 건승을 빌겠습니다."

시우는 슬란의 눈에 깃든 기대를 읽어낼 수 있었지만 고개를 휘휘 저었다.

"나는 내가 하고 싶은 대로 행동할 뿐이야. 헛된 희망은 갖지 말라고."

시우는 냉정하게 등을 돌려 연합국의 소굴을 빠져나왔다.

알덴브룩 제국의 움직임이 심상치 않았다.

시우 일행은 무역도시 크란데를 향한 걸음을 재촉했다.

무역도시 크란데는 자치도시였다.

영주나 지방 주권에 속박되지 않는 도시를 자유도시라고 하는데 크란데는 그런 자유도시 중에서도 희귀한 자치도시였다.

지방 주권은 물론 왕이나 황제가 영향을 미치는 중앙 주권에서도 벗어나 자치권을 얻어 사사로이 키운 병사로 스스로 지키며 막대한 세금으로부터 해방된 도시가 바로 자치도시였다.

과장해 이른 바 작은 국가라고 말할 수 있는 이 자치도시의 존재는 말하자면 상인길드가 손에 넣은 권력의 극치라고 할 수 있었다.

시우는 크란데의 성벽을 보며 감탄사를 내뱉었다.

크란데는 그 땅에서 나는 막대한 자산을 자랑이라도 하듯 거대한 성벽이 전부 금속으로 되어 있었던 탓이었다.

가까이 다가가 성벽을 두드려본 시우는 그것이 석벽 위에 금속을 씌웠을 뿐이라는 사실을 알아챌 수 있었지만 그렇다 하더라도 겉으로 보이는 위용이 줄어드는 것은 아니었다.

놀라운 사실은 그뿐이 아니라 성벽 전체에 은은한 마

력이 흐르고 있다는 사실이었다.

즉 드래곤 하트로 하여금 성벽을 지키고 있다는 의미였다.

아무리 사고 싶어도 살 수 없는 것이 드래곤 하트라고들 말하지만 크란데에는 통용되지 않는 말인 모양이었다.

어쩌면 크란데는 남부와 북부로 유통되는 드래곤 하트의 상당수를 막대한 자금으로 확보한 상태일지도 몰랐다.

만약 무역도시 크란데를 함락시키려는 군대가 있다면 그들은 크란데를 하나의 도시가 아니라 하나의 국가, 아니 거대한 제국을 상대한다고 생각해야 할지도 몰랐다.

신분이 신분인지라 정식 입국 심사를 통하지 않고 성벽을 넘으려던 시우에겐 꽤나 성가신 일이었다. 성벽이 금속으로 만들어졌건 나무로 만들어졌건 몰래 뛰어넘으면 그만이었지만 성벽에 설치된 드래곤 하트는 투명한 방어막의 형태로 크란데를 휘감고 있었기 때문이었다.

드래곤의 방어마법에 필적하는 그것은 드래곤이 직접 부수거나 드래곤 하트의 힘을 지닌 전략병기 드래곤 소드가 없으면 뚫을 수 없었다.

그러나 시우에겐 그저 성가실 뿐이지 불가능한 일은 아니었다.

시우는 성벽을 둘러 걸으며 인적이 드문 곳에 이르러 서 리네에 막대한 양의 원력을 불어넣었다.

시우는 이미 드래곤 아이시크가 만든 방어막도 종이 짝처럼 찢어버린 경험이 있는 뛰어난 익시더였다. 시우의 검을 막으려면 시우와 필적하는 실력의 익시더가 필요했지 마법 따위로는 막을 수가 없었다.

시우의 검이 크란데를 지키던 방어막을 갈기갈기 찢었다. 그 순간 성벽에 설치되어 있던 드래곤 하트가 깨져버린 탓에 크란데에는 비상종이 울리며 병사들이 출동했지만 시우는 아무 신경도 쓰지 않았다.

그저 아리에타와 함께하는 근위기사들은 시우의 상상을 초월하는 무력에 전율할 뿐이었다.

일행들과 함께 가볍게 성벽을 뛰어넘은 시우는 서둘러 무단침입의 범죄 현장을 떠나간 뒤에야 크란데를 살펴볼 여유를 가질 수 있었다.

무역도시 크란데는 무역도시라는 이름에 어울리지 않게 특산물이 없었다. 단지 이너미티 강의 도입부에 위치한 덕분에 남부와 북부 사이에 오가는 모든 무역을 담당한다고 해서 무역도시라는 이름이 붙어졌을 뿐이었다.

굳이 크란데의 특산물을 짚어보라면 사람들은 하나같이 입을 모아 말할 것이다.

크란데의 특산물은 '노예'라고 말이다.

크란데는 지금까지 시우가 겪어봤던 어떤 도시보다도 깨끗하고 부유했다.

어쩌면 뛰어난 합금 기술과 대장 기술에서 기인하는 자금력으로 부유한 삶을 사는 포스칸들보다도 이곳의 평민들이 더 잘 사는 것은 아닐까 싶을 정도였다.

특히 부랑자나 거지가 전혀 없었는데 그에 반해 족쇄를 찬 노예를 심심찮게 발견할 수 있었다.

시우는 부유하고 깔끔한 크란데의 이면에는 그러한 어둠이 깃들어 있다는 사실을 한눈에 알아볼 수 있었지만 신경 쓰지 않으려 고개를 돌렸다.

시우 본인의 코가 석자인 상황에서 이러한 일까지 하나하나 신경을 쓸 수는 없는 법이었다.

시우는 급히 하룻밤 쉴만한 여관을 찾아 돌아다녔다.

크란데는 알덴브룩이 일으킨 전란과는 전혀 상관이 없다는 모습으로 평화롭기 그지없었다.

수많은 수인족들이 밝은 대낮에 도심을 거닐고 대륙 전역에서 찾아온 여행객들로 거리가 가득했다. 그런 거리의 좌우측으로는 여행객들을 상대로 물건을 파는 좌상이 늘어서 있었다.

남부와 북부로 통행을 하기 위해선 반드시 거쳐야만 하는 곳이다 보니 엄청나게 많은 여행객들과 인간 군상들이 즐비했던 것이다.

시우는 그 중에서도 특히 성직자들의 수가 기이할 정도로 많다는 것을 파악할 수 있었다.

성직자들의 대다수는 후드를 깊이 눌러써서 신분을 감추고 있었지만 시우의 감각을 속일만한 실력자는 존재하지 않았다.

하지만 가만히 생각해보면 당연한 일이었다.

알덴브룩 제국은 남부를 통일했다. 또한 국교로 파일로스 교단을 내세웠으니 알덴브룩 제국에 함락된 국가에 소속되어 있던 성직자들은 개교를 강요당하고 있었다.

어차피 성력이라는 힘은 신앙심과는 상관없는 힘이기 때문에 개교는 생각보다 수월하게 이행되었지만 문제는 진짜 신앙심을 가진 성직자들이었다.

그들에게 스스로 믿는 신을 바꾼다는 것은 절대 있을 수 없는 일이었으니 신분을 숨긴 채 북부로 이동하기 위해 크란데를 찾아온 것이었다.

시우는 그러한 크란데의 도시를 둘러보며 적당한 여관을 찾아 들어갈 수 있었다.

시우는 아리에타와 본인이 지낼 1인실을 두 개, 근위 기사들과 여자들이 지낼 3인실을 2개에서 투숙하기로 결정을 내렸다.

그리고 시우는 곧장 자신에게 배정된 빈 방으로 향했다.

방은 역시 잘 사는 크란데의 여관답게 깨끗하고 고급스러웠지만 지금 시우의 눈에는 그러한 것들이 아무것도 들어오지 않았다.

깨달음이 있었다.

무언가 잡힐 듯 말 듯 간질간질한 느낌이 시우의 머리를 괴롭히고 있었다.

계기는 크란데로 숨어들기 위해 성벽에 쳐진 방어막을 부수면서였다.

시우가 가진 원력의 출력이 아무리 강력하다지만 원래라면 시우의 힘으로도 드래곤 하트로 만들어진 방어막을 부수는 것은 쉽지 않은 일이었다.

그런 시우가 크란데의 방어막을 종이짝 찢듯 간단히 부수고 들어올 수 있었던 것에는 무기의 힘이 컸다.

세실강, 포스칸의 원력을 심어 주변의 마력을 흡수해 성장하는 금속.

그 금속에 깃든 리네의 원력과 동조해 시우는 세실강의 성질인 마력을 흡수하는 아우라를 만들어낼 수 있게 되었다.

그렇다면 드래곤 하트에서 솟아나는 아우라에 동조할 수 있다면?

드래곤 하트의 막대한 마력을 손에 넣을 수 있지는 않을까?

시우는 목걸이로 만들어 걸고 다니던 아이시크의 드래곤 하트를 꺼내들었다.

드래곤 하트를 쥔 손에 아우라를 일으키자 거기에 저항하듯 드래곤 하트에서 아이시크의 원력이 솟아나왔다.

"네 영혼을 제압하겠어."

시우는 드래곤 하트에서 뿜어져 나온 원력을 본인의 원력으로 제압하며 동조하기 시작했다.

그러자 시우의 검은 머리는 아이시크의 비늘을 닮은 하얀색으로 물들고, 검은 동공도 붉게 물들며 드래곤의 동공처럼 날카롭게 변하기 시작했다.

시우의 원력이 변화를 겪으며 그 영향이 육체에까지 미치고 있었던 것이다.

시우의 몸을 중심으로 방대한 마력이 들끓기 시작했다.

〈5권에서 계속〉